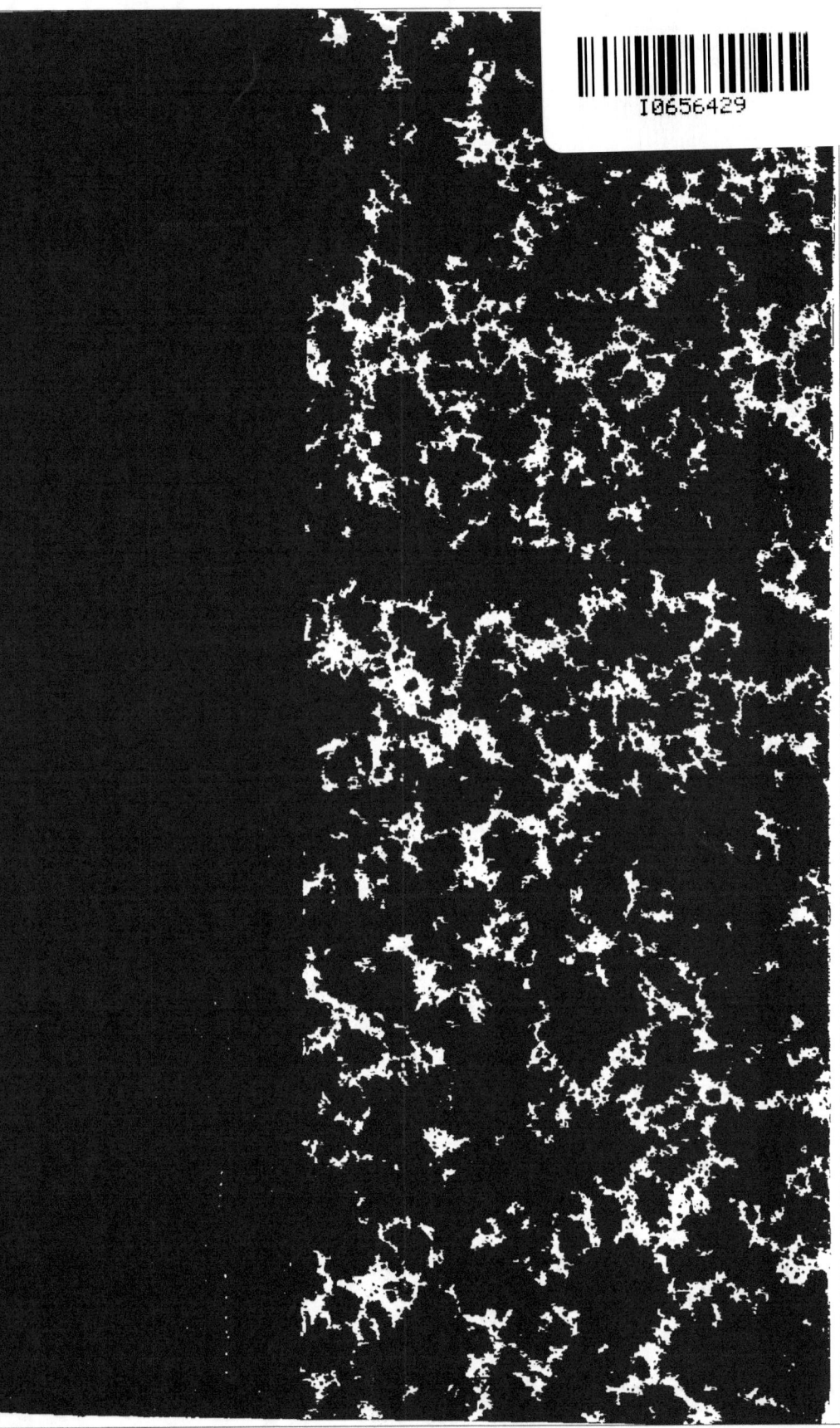

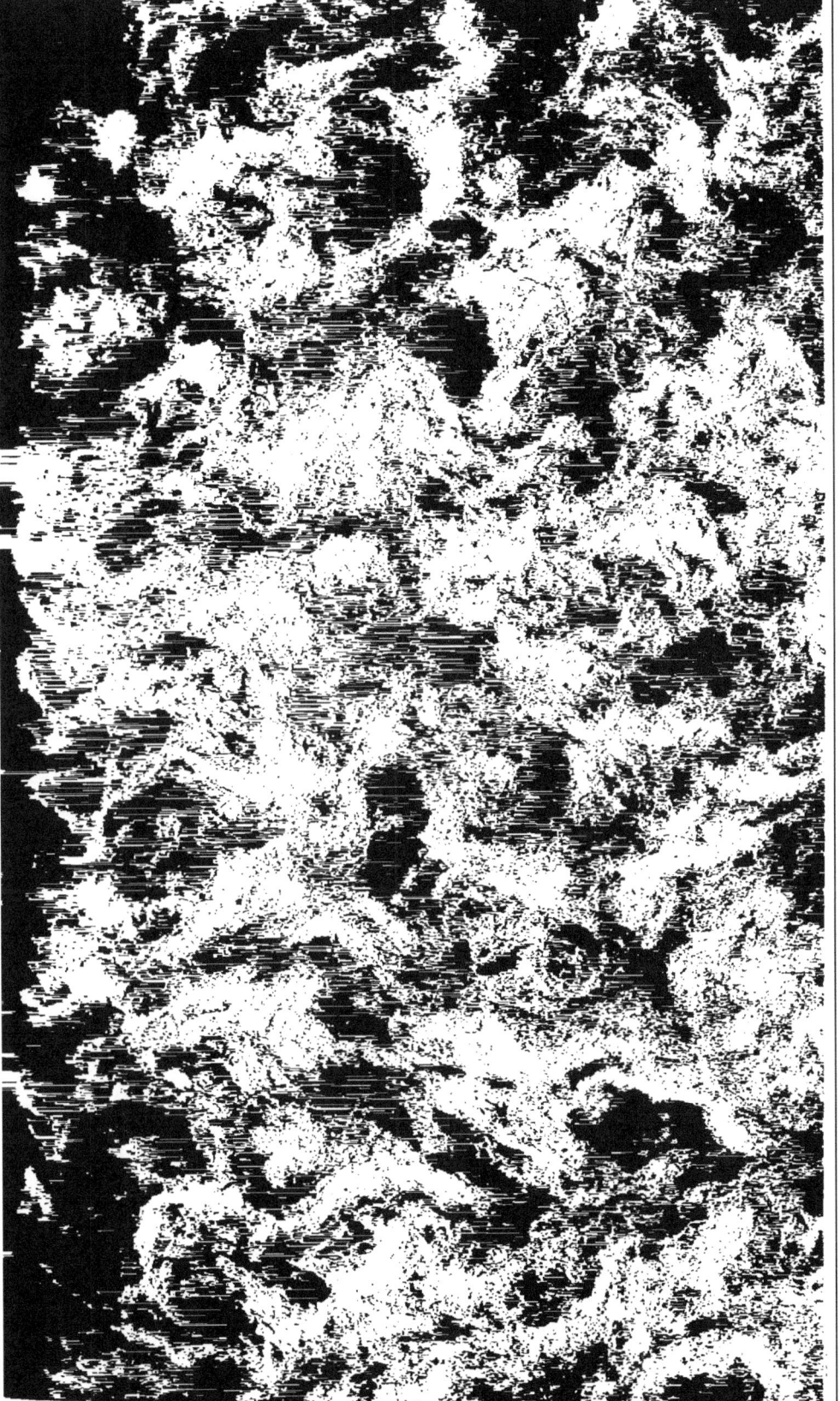

ALEXANDRE PILLON

LES
CONTES NOIRS

LA PRINCESSE DE TRÉBIZONDE

LE *DE PROFUNDIS* DE CÉSAR CAPPARA

LA VENGEANCE DE LA POUPÉE

PARIS
LIBRAIRIE PAGNERRE
18, RUE DE SEINE, 18

1869

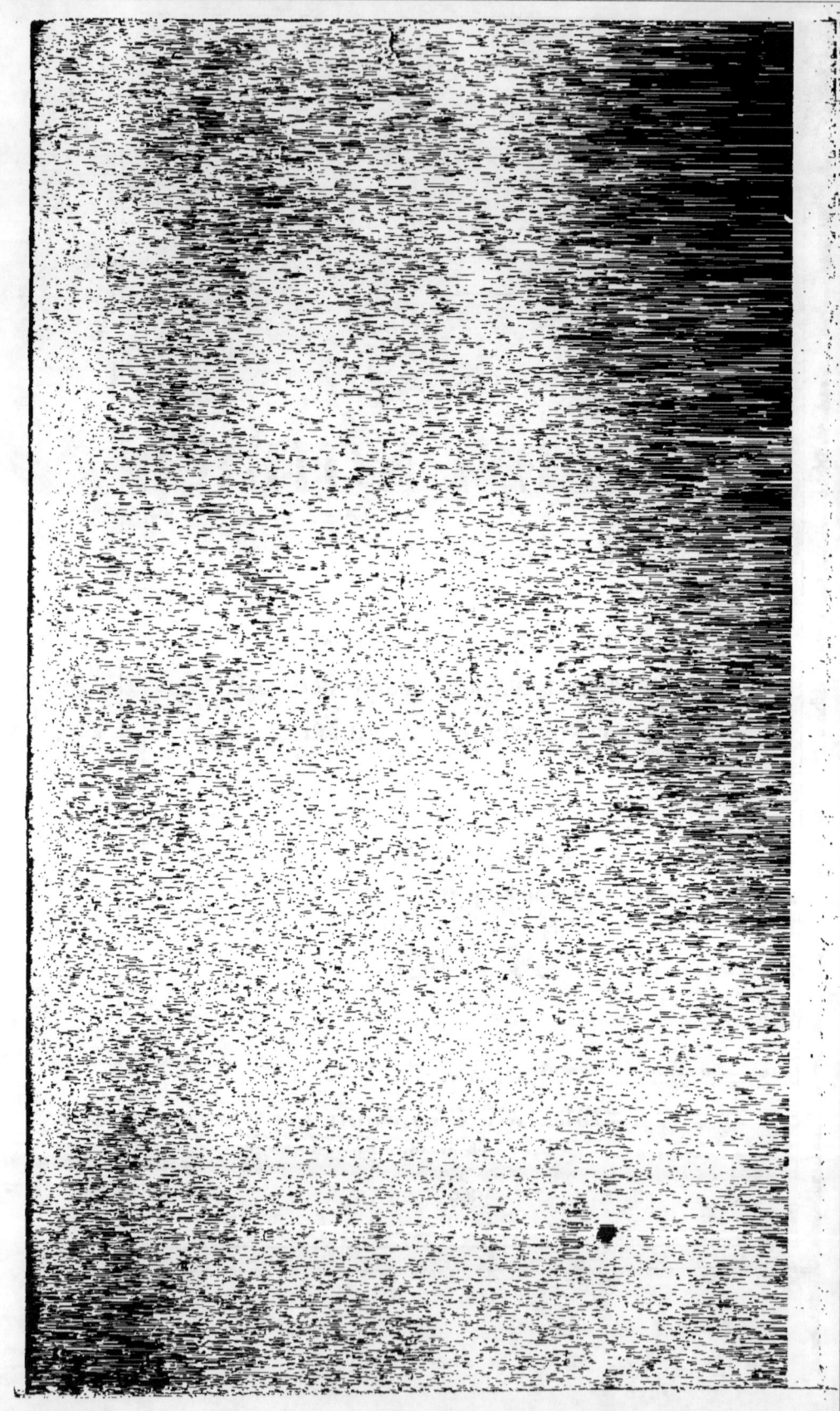

LES

CONTES NOIRS

SAINT-LO — IMP. C. JEAN DELAMARE

ALEXANDRE PILLON

LES
CONTES NOIRS

LA PRINCESSE DE TRÉBIZONDE
LE *DE PROFUNDIS* DE CÉSAR CAPPARA
LA VENGEANCE DE LA POUPÉE

PARIS
LIBRAIRIE PAGNERRE
18, RUE DE SEINE, 18

1869

LA PRINCESSE

DE

TRÉBIZONDE

J'ai beaucoup connu un Américain dont la tournure d'esprit était singulière. Il songeait creux et avait toujours l'air de prendre son ombre pour un second lui-même, ayant une existence qui lui était propre.

Il regardait souvent derrière lui quand il était seul, et refusait obstinément de s'as-

soir le dos tourné vers une porte ouverte.
Le coucher du soleil lui inspirait une inquiétude qui allait toujours en augmentant,
jusqu'à ce qu'on eût éclairé suffisamment la
chambre dans laquelle il se trouvait pour
qu'aucune partie n'en fût obscure.

C'était un homme déjà âgé, fort intelli-
gent, muet sur son passé, mais inépuisable
quand il parlait de *l'autre monde!* J'étais
fait à ses manières et je le laissais ordinairement aller sans l'interrompre, sachant que
sa monomanie ne s'arrêtait jamais sans terminer par une histoire intéressante. Un soir,
qu'il était assis au coin de mon feu, il
tressaillit, jeta, selon son habitude, un
regard lentement circulaire autour de lui...
et entama son thème favori; c'était une
théorie assez originale sur la possibilité des
faits considérés comme surnaturels, qu'il termina ainsi :

— Soyez-en bien persuadé, *nous sommes
soumis aux fantômes....* J'ai acquis plusieurs

fois cette conviction dans ma vie, tant par des faits qui me sont personnels que par d'autres concernant des étrangers ; et si vous en vouliez une preuve, voici une histoire toute récente : — Un jour de janvier de l'année 18.., je fus forcé, par un tourbillon de neige, de chercher un refuge dans la petite église Saint-Germain-des-Prés. Vous connaissez cette église ? Elle a passé par les mains des restaurateurs modernes... et a maintenant l'apparence d'un de ces meubles que l'on nommait des *cabinets*, sous Henri III. Ce jour-là, elle était somptueusement tendue de noir : un service avait eu lieu, le corps venait de partir, et je me trouvais placé près de l'autel, devant lequel il ne restait plus que le sacristain et un enfant de chœur qui éteignaient les cierges.

Le sacristain parlait tout seul et tout haut ; j'entendais parfaitement ce qu'il disait, voici son monologue :

— C'est égal, j'en reviens toujours à mon

idée, moi... Ce Macchabée-là avait au cou
une drôle de blessure ; j'avais pas encore
vu ça, moi, y-z-ont beau dire, c'est pas naturel... bah ! la v'là enterrée tout d'même.

— Et qui était cette femme ? demandai-
je au sacristain.

— Qui c'était ?... une princesse donc !

— Une princesse !

—Oui, une princesse. Eh ben ! quoi dont ?..
Y m'semble que la paroisse peut en enterrer,
des princesses. N'y a pas qu'Saint-Sulpice,
p't'être ben, dans Paris.

— D'accord, mais comment se nommait-
elle ?

— La princesse de Traki... Trabi... Comment diable qui l'appelaient donc ?

— De Trébizonde , dit l'enfant de chœur.

— Singulière princesse ! pensai-je... Et ce
trou ?

— Ah ! l'trou , c'est une autre affaire...
ça, c'est en la cousant... eh ben ! j'ai r'mar-
qué au cou, comme qui dirait sus la jugu-

laire... un petit trou... tout fraîchement fait, plus large que haut, sans déchirures, comme une dent qui serait entrée dans les chairs... J'l'ai dit au médecin qui se trouvait là, un grand pâle, mais y m'a répondu de me mêler de mes affaires, et avec une mine si méchante que, ma foi! c'est ce que j'ai fait. Mais ce qui est ben plus extraordinaire et c'que vous ne voudrez peut-être pas croire... pour une femme riche comme ça... un appartement superbe... c'est que le corbillard est parti tout seul; oui, m'sieu, tout seul. En venant, au moins, il y avait deux hommes derrière et qui ont assisté au service; mais quand il est sorti de l'église pour aller au cimetière, il est parti tout seul, tout empanaché, quatre chevaux à grandes guides, et pas une voiture, pas un chien crotté derrière. Et tenez, les v'là justement là-bas, les deux particuliers. Voyez-vous? dans cette chapelle si noire, la chapelle Saint-Roch.

Vous me connaissez, avec ce flair que je possède pour sentir les aventures qui sortent des habitudes ordinaires, je quittai le sacristain et me dirigeai vers l'enfoncement indiqué. Evidemment la solution du mystère était contenue dans cette chapelle sombre, ces deux hommes en étaient la clef.

Je manœuvrai prudemment et de façon à les bien observer. L'abordage était difficile... Mais je les tenais, ils m'appartenaient, et j'étais fermement résolu à ne les point quitter que je n'eusse appris ce que c'était que la princesse de Trébizonde, pourquoi elle avait un trou au cou... plus large que haut... sans déchirures.... et comment l'isolement s'était fait si profond autour de cette femme que pas un souvenir vivant n'accompagnait ses restes !

L'un des deux hommes était un vieillard, grand et d'un type assez vulgaire, les cheveux blancs, les moustaches rudes, boutonné de haut en bas dans un vêtement tenant le milieu entre le paletot et la polonaise. Ce devait être un ancien militaire, une nature austère, énergique, de ces gens qui se laissent volontiers tirer le nez par les enfants, mais qui se cabrent très-haut contre les mauvaises natures.

Le second, mérite une mention toute spéciale. Il était jeune, celui-là, et à l'exagération de son langage, de ses manières, à ces mille détails qui constituent un ensemble, je le reconnus pour appartenir à une espèce que l'on ne rencontre qu'à Paris, et que j'appellerai l'*espèce des poëtes gras*; elle n'est pas séduisante à l'œil au moins, elle n'a pas ces allures de papimanes, ces rotondités réjouissantes, ces rires pantagruéliques qui fendent jusqu'aux oreilles des joues bondies comme des ballons; elle n'a pas ces joyeux bourgeons qui fleurissent les nez des amants de la bouteille!.... Non.... C'est une espèce triste, c'est un genre de graisse particulier: celui des vêtements crasseux; cette graisse,

au lieu d'arrondir , arrête anguleusement
les contours et les colle à la peau , les
genoux en paraissent plus maigres, les habits
n'ont plus ce flou, ce moelleux élégant des
étoffes propres, ils n'encadrent plus l'homme,
ils l'appauvrissent. Le teint de celui qui les
porte finit par prendre l'aspect terreux et
blafard de la généralité du costume. Pauvres
gens, ils commencent à être enfants sublimes... la porte d'or paraît vouloir s'entr'ouvrir... et ils continuent comme des
meurt-de-faim.

Le jeune homme que j'avais sous les
yeux appartenait à cette catégorie; il pleurait
très-haut, se tordait et agitait ses bras comme
un télégraphe. Sa douleur était semblable aux
harmonies de ce musicien des Champs-Ely-
sées qui se sert de ses bras, de ses genoux,
de sa tête et de son ventre pour arriver à
un résultat. C'était un chagrin disloqué ;
il paraissait fort amoureux de la phrase, ce
jeune homme, du moins il exhalait ses souf-

frances avec des tournures d'esprit si alam-
biquées qu'elles ne me parurent pas devoir
être bien franches.

Au moment où je m'approchais, il s'écriait
dans son langage prétentieux : — Mignon
aspirait au ciel, mon Dieu ! et moi j'aspire
à la mort... mon ciel n'est plus de ce
monde... mon paradis s'est éteint avec
celle que j'aimais, etc.

Il paraît qu'il aimait une femme, peut-être
la princesse... nous allons bien le savoir.
Je m'adressai à l'homme à la polonaise :

— Votre ami, monsieur, semble être dans
un état violent, je suis médecin, et...

— Que m'importe la vie ! s'écria le poète ;
la vie est un bouquet qui se fane vite et
dont j'ai absorbé tous les parfums !

— Bien, jeune homme, bien ! mais il ne
faut pas me dire de ces choses-là, à moi ;
il faut les réserver pour la Comédie-Fran-
çaise, cela réussit très-bien dans les pro-
verbes... Je ne suis pas poète... je suis un

honnête homme de médecin qui désire simplement tâter votre pouls...

Je parlais à un sourd, mon jeune homme
était évanoui. Décidément, ces gens-là étaient
sérieusement tristes. Le poëte ne m'inquié-
tait guère, c'était un premier coup de collier,
qui devait se calmer en raison de la vigueur
du premier moment. Mais le vieillard faisait
mal à voir... l'altération de ses traits indiquait une sensation profonde, ses yeux
étaient secs, mais la douleur, au lieu de se
soulager par des pleurs, s'épanchait en
dedans et refroidissait le cœur ! C'était un
fort chêne à l'écorce rugueuse ; il se tenait droit,
mais l'intérieur était rongé jusqu'à la sève.

Vous dire comment je parvins à mériter
la confiance de ces deux hommes, ce serait
trop long ; je pleurai avec eux, je fus élo-
quent ; bref, je vais vous raconter ce que
j'appris du vieux Pierre Plogojowitz, en
mettant en ordre les renseignements qu'il
me donna.

Peu de gens ont connu la princesse de
Trébizonde, et les valets d'obsèques eux-
mêmes, en revenant de la porter en terre,
ne se doutaient guère de la qualité de celle
qu'ils venaient d'enterrer. Cela se conçoit,
et l'on aurait en vain cherché son blason
dans les recueils d'armoiries les plus com-
plets. Elle était princesse par complaisance.
Ses amis l'appelaient ainsi à cause d'une
magnifique propriété qu'elle possédait dans
l'Arménie, et dans laquelle elle se rendait
tous les ans. Elle s'était un peu révoltée
dans les premiers temps contre cette plaisanterie aristocratique, mais il n'y avait pas
eu moyen, il avait fallu bon gré mal gré,
devenir personne princière, et elle s'était
gaiement laissé élever à cette dignité par
le suffrage universel d'un petit nombre
d'amis.

Il est fort difficile de vous dire au juste
à quel monde elle appartenait, surtout avec
la nouvelle classification inventée par les

vaudevillistes, qui ont divisé la société par
tranches : il y a le monde d'abord, puis le
demi-monde, puis le quart, etc. La princesse n'était d'aucune de ces tranches, elle
était de son monde à elle ; elle se conduisait selon sa convenance et non selon les
convenances. Elle n'avait jamais voulu soumettre sa manière de vivre ni son caractères à ces mille petites lois, dégénérées
en *bêtises d'habitude*, qui machinent la vie
de chaque jour et la transforment en répétitions successives d'une comédie en-
nuyeuse. C'était réellement une personne qui
sortait du commun ; sa femme de chambre
aurait essayé en vain de l'étouffer dans
son corset, et elle n'avait jamais la migraine
que lorsqu'elle avait mal à la tête.

Quoiqu'on accorde trop généreusement
la qualité d'extraordinaire, en admettant que
ce soit une qualité, à de mensongères indi-
vidualités qui ne se distinguent le plus souvent que par une affectation excentrique,

cette femme justifiait réellement ce titre, et cela précisément à cause de sa simplicité ; il ne se faisait que fort peu de bruit autour d'elle.

Pour elle, l'indépendance n'était pas un mot, et elle savait néanmoins, non-seulement éviter tous les genres de scandale, mais encore mériter le respect que l'on n'accorde, — surtout aux femmes, — qu'aux réputations irréprochablement établies. Pour qu'un homme eût pu vivre comme elle le faisait, il lui eût fallu à défaut d'une grande fortune, une puissante intelligence et un grand talent dans les lettres ou les arts. La princesse avait tout cela, et elle est restée inconnue, et elle a vécu à Paris obscurément comme une perle dans la mer.

Il faut bien comprendre le caractère de cette femme, il est fort rare. C'était la personnification vivante d'une des plus ravissantes productions d'un de nos rêveurs le plus coloriste ; c'était le type de Madeleine

Maupin, mais une Madeleine *spiritualiste*, suivant des instincts libres, appréciant fort peu néanmoins tout ce qui se présentait avec des allures romanesques. Son existence était celle d'un homme sérieux. Elle perdait beaucoup, il est vrai, avec ces façons d'agir, de la gracieuse délicatesse de la femme ; seulement, le peu qui en restait formait un contraste incroyable avec ses habitudes masculines, et constituait un ensemble d'une originalité dont on ne se lassait jamais, une fois qu'on l'avait bien comprise.

C'était un tableau de grand maître, dans une bordure d'une ornementation spéciale et remarquablement élégante.

Le vieux Plogojowitz parlait beaucoup de sa beauté. Les lignes en étaient graves et dans des proportions hautes et froidement régulières. Avec sa grande taille, son teint basané et sa fière mine de Cléopâtre, elle parlait peu aux sens, mais n'en était que plus dangereuse. A première vue, ou on la détestait et cette impression continuait, ou l'on se sentait envahi par une influence magnétique contre laquelle on luttait vainement. Les plus énergiques volontés se brisaient dans la lutte, et finissaient par se soumettre en voyant qu'elles ne pouvaient dompter la passion profonde qui pénétrait leurs cœurs. Tristes amours sans espérance ! l'idole était une statue et les Pygmalions actuels ne sont plus dans cet âge heureux où Jupiter, prenant fait et cause, consentait à intervenir en animant le marbre.

Ces amours tourmentaient beaucoup la princesse ; comme cela se représentait à chaque nouvelle connaissance qui devait rester, il lui fallait subir l'exacte répétition des scènes précédentes. C'est fort restreint le langage de l'amour ; et le bourgeois gentilhomme, malgré les savantes et ingénieuses interprétations de son professeur, est-il forcé d'en revenir purement et sim-

plement à la phrase primitive : Belle mar-
quise, etc. C'est un chemin bien battu que
la *carte de Tendre* ; pourtant, c'est ce que
l'on possède de mieux, en fait de circonstances variées et inattendues, encore n'offre-
t-elle qu'un certain nombre de tours dans
son sac, qui ne vous laissent, quand on les
a tous usés inutilement, que la seule res-
source de se retirer.

C'était ce que la princesse ne pouvait comprendre, c'est que l'on ne se retirât pas !
Avec sa franchise et son amour pour la ligne
droite, la coquetterie lui semblait une monstruosité, et les coquettes, des femmes qui
considéraient l'homme au point de vue de
la serinette : un instrument jouant un air
agréable, mais toujours le même. Or, quand
elle avait dit : « Que voulez-vous de moi?
» une sensation exacte en tous points à
» votre affection exagérée, ou une comédie?
» Eh bien ! je n'éprouve pas l'une et je
» suis trop honnête et trop bonne femme

» pour jouer l'autre. Contentez-vous donc
» de la seule chose que je puisse donner,
» c'est-à-dire une bonne et solide amitié,
» ayant la fermeté d'une parole d'honneur,
» et qui ne vous manquera dans aucune
» circonstance. » Quand elle avait dit cela
et qu'on avait chaleureusement serré sa
belle main qu'elle tendait si fraternellement,
il fallait accepter franchement cette situation ; toute tentative nouvelle eût été ridicule. Mais aussi on savait que si la détermination était irrévocable, cette offre d'amitié
était parole papale, c'était infaillible.

Et puis tout n'était pas fini : c'était un
cœur d'or que celui de la princesse ; et
si, avec ce tact sûr qu'ont toutes les femmes
pour sonder la profondeur des blessures
qu'elles causent, si elle reconnaissait dans
celui qui l'aimait un état de souffrance
sérieux, courageusement combattu, oh !
alors elle trouvait des ressources infinies
en endossant la robe de médecin consola-

teur ; ses beaux grands yeux noirs, ordinairement si froids , prenaient une expression de bonté touchante. Elle raisonnait,
comme on raisonne un enfant, la surexcitation fièvreuse qu'elle voulait adoucir et
régler, et cela avec un soin minutieux, des
ménagements pleins de délicatesses affectueuses ; elle effleurait la plaie comme on
cueille une sensitive ; la fleur se fermait,
mais pas un pétale n'était froissé, si bien
que le cœur le plus malade finissait par se
calmer et s'endormir au son de cette parole
harmonieuse dont la sonorité musicale était
un charme de plus. Pauvre femme ! elle est
morte d'une façon bien horrible !

La guérison opérée, c'était un ami de
plus, il prenait place dans le cénacle. On
concevra facilement qu'il venait peu de
femmes à l'hôtel de Trébizonde, elles n'y
étaient pas aimées et c'était peut-être le
seul travers de la maîtresse de la maison.
—J'ai rarement joué à la poupée étant petite

fille, disait-elle, et maintenant que je suis une grande femme, je ne m'y remettrai certainement pas en fréquentant les personnes de mon sexe. — Voilà quelle était son opinion ! Aussi ne venait-il que des hommes à l'hôtel, et tous d'une intelligence supérieure. Cette petite cour masculine constituait une société qu'elle divisait en trois catégories : les amoureux (c'étaient les derniers présentés) ; les convalescents et les amis raisonnables. Les premiers étaient *ses malades*, ils formaient groupe à part, on ignorait s'ils resteraient. Les seconds se sentaient un peu plus à l'aise, ils commençaient à prendre pied ; quant aux derniers, ils étaient dans son salon comme des académiciens, ils y avaient leurs fauteuils, et, à la façon dont ils s'y plaçaient, on devinait des gens qui avaient acquis, par une considération basée sur l'estime, le droit de se regarder comme étant chez eux.

On se réunissait tous les soirs, et cette réunion quotidienne formait un petit monde d'élite , aux habitudes distinguées , sans pédantisme, agréable par les connaissances variées et étendues de ses habitants. On savait y *causer*, et lorsque parfois la conversation prenait une tournure trop austère, il se trouvait toujours là quelque esprit coloriste qui éclairait par une sortie éblouissante le ton généralement froid de l'ensemble.

Eh bien ! tout le charme de cette existence si bien organisée allait se trouver détruit, et cela par une circonstance inouïe Une ombre allait rembrunir le tableau, mais une ombre dont les reflets déjà blafards du clair-obscur devaient se transformer en ténèbres profondes. Parmi les malades de la princesse, deux hommes, comme des chevaux vicieux , s'étaient constamment dérobés à son influence persuasive. Le premier n'avait pas d'importance, il n'était que ridicule. C'était le poète Lazare, celui qui se tortillait si singulièrement dans l'église Saint-Germain-des-Prés. Il était toléré à l'hôtel de Trébizonde, où il avait été admis à la suite de remarquables débuts littéraires, précoces manifestations d'un génie qui aurait pu se solidifier, s'il avait été nourri par le travail, et si un amour-propre insensé n'avait pas été le résultat de ses premiers succès. Sa manière, son jeu, consistaient dans l'exagération d'une sentimentalité cherchée, et non d'organisation, qui le plaçait continuellement sous l'étincelle poétique d'une machine électrique imaginaire. Les sublimes rêveries de son imagination à part le préoccupaient au point de lui retirer la perception des faits ordinaires ; il avait surtout un dédain pour la propreté qui s'expliquait parfaitement.

Tout le monde en avait pris son parti. Tout le monde s'égayait également avec sa passion, c'était une sorte de douloureux martyre qui se traduisait avec des soubresauts d'anguille et un langage comme il doit en exister dans la lune. On avait cessé bien vite de le prendre au sérieux dès qu'on s'était aperçu qu'il tenait beaucoup au titre d'*amoureux de la princesse;* il en faisait une affaire de position dans le monde, et ce rôle de victime donnait trop beau jeu à ses excentricités pour qu'il consentît à le quitter. C'était un homme jugé, et tout-à-fait au second rang ; cependant, comme il reviendra dans la suite de ce récit, il était important d'en parler.

Quant au second, avez-vous vu ces dessins de Granville où, prenant la tête de l'homme comme point de départ, il fait partir de ce prototype toujours choisi régulièrement une série de transformations irrégulières, qui amènent, par des lignes très-étroitement dégradées, le facies d'un animal le plus souvent hideux ! On ne se serait jamais douté de l'étonnant rapport existant entre ces deux têtes sans la série qui l'amène. Avez-vous

vu ces dessins? Eh bien ! regardez maintenant la tête de M. Michel Krauft, suivez le
procédé Granville, et vous arriverez au chef
venimeux de la vipère ! C'était une figure
sinistre, et dont l'apparition devait avoir des
conséquences si terribles qu'on ne pouvait
attribuer au hasard sa présence dans cette
société : c'était écrit !

Envoyé à Paris pour y étudier la médecine,
Michel Krauft était fils unique d'une riche
famille de boyards moldaves. Il avait vingt
ans, et son profil était coupé dans le type
slave le plus pur, mais un type féroce ; il
était vert plutôt que pâle, complètement
imberbe, maigrelet, malingre ; les lignes de
sa physionomie avaient cette inclinaison anguleuse des natures tristes. Pourtant il n'inspirait
pas d'intérêt, la concentration de sa pensée,
toujours inconnue, se refusait aux marques
d'effusion. C'était un mysantrope de parti
pris, sans motifs ; élevé au milieu de toutes
les amusantes futilités des éducations aisées,

il avait toujours trouvé la vie facile et couleur de rose, mais il était venu au monde avec un naturel sombre, méchant et haineux, et ces dispositions à mal faire n'avaient fait que s'aigrir en prenant des forces.

Le lait de sa nourrice avait tourné sur son cœur, et tout petit, au lieu de faire envoler les oiseaux de sa mère dont il était jaloux, il les étouffait. Jeune homme, il n'aurait point attiré l'attention, sans un détail qui le faisait remarquer : il avait dans la figure deux grands yeux gris, ternes, sans expression, mais d'une fixité qui gênait sans que l'on pût s'expliquer pourquoi ; ces yeux paraissaient morts, mais comme ceux des portraits, ils vous regardaient toujours, et cela, sans jamais baisser les paupières.

Il n'était pas d'une nature à s'expliquer, mais la princesse l'avait déviné, et elle en avait peur. Elle se sentait aimée, et en même temps, devant l'impuissance où elle se trouvait de lire dans ce regard qui ne traduisait rien, elle n'avait pu se décider à provoquer une explication.

Elle avait raison d'avoir peur ! L'amour de Michel Krauft était égoïste, implacable comme ces mers de glace qui enveloppent les sommets des hautes montagnes et les privent éternellement des rayons du soleil.

La princesse comprenait qu'aucunes bonnes paroles, si chaleureuses qu'elles fussent, n'auraient pu fondre cette volonté, assouplir cette mauvaise nature. C'était un dangereux essai que de tendre la main à ce jeune loup pour l'apprivoiser ; il avait meilleure envie de mordre que de lécher. Rien ne transpirait de cette situation à la surface ; pourtant, comme elle causait à la princesse une inquiétude qui lui pesait, qui la gênait, elle résolut de se soustraire à cette influence par le procédé le plus simple. Le mois de mai était arrivé, elle avança son voyage annuel de quelques semaines et fit ses adieux à la plupart de ses amis.

Quelques-uns, les plus fidèles, furent reçus jusqu'au dernier moment, mais la veille même de son départ, elle voulut rester seule pour veiller aux derniers préparatifs ; pour cela elle donna ses ordres :

— Marie, vous condamnerez ma porte ce soir, je ne veux recevoir personne.

— Est-ce que Madame a sa migraine ?

— Ma migraine... et où allez-vous chercher, mademoiselle, de semblables idées ?... Est-ce que la migraine est à mon service ? pensez-vous qu'elle fasse partie de mes gens et que je la fasse venir lorsque j'en ai besoin ?... Faites ce que je vous dis... Eh bien ! d'où vient cet air effaré ? Je vois parfaitement comme vous M. Michel Krauft... il ne vous fait point l'effet d'un revenant, mais puis-qu'il est entré sans se faire annoncer, il a dû entendre ce que je vous disais et que je désirais être seule.

— C'est vrai, madame, dit Michel, mais vous quittez Paris demain au matin ; j'ai

à vous parler de choses assez importantes
pour ne pas attendre six mois, époque de
votre retour, je vous prie de me consacrer
une heure.

— Voilà l'instant venu, pensa la princesse : eh bien ! soit, retirez-vous, Marie.
— Je vous écoute, monsieur.

— Ne devinez-vous pas un peu ce que
j'ai à vous dire, madame ?

— En aucune façon, je suis fort gauche
à deviner... Je trouve que nous n'avons
point trop de toute notre attention pour
bien comprendre ce que l'on nous dit, et
y répondre juste... Je vous écoute, monsieur, je vous le répète.

— Eh bien ! je crois que vous le devinez,
moi, madame... et je crois encore autre
chose... c'est qu'on se brise contre votre
cœur, comme une lame d'épée contre un
bouclier de diamant... Quelque bien trempé
que soit l'acier, quelque fine et incisive
qu'en soit la pointe, elle glisse comme

3

un éclair pour chercher à entamer, à
mordre, ou qu'elle attende patiemment un
moment favorable... elle touche en vain :
le diamant reste intact. C'est le plus précieux de tous les bijoux, mais c'est le
plus dur ; il jette comme un soleil ses
rayons de tous les côtés ; il paraît splendide
de lumière et ce n'est qu'une apparence
en effet : c'est un trésor froid : il éclaire
sans brûler et demeure, malgré toutes ses
chatoyantes lueurs, glacé comme un corps
inerte !

— Vous calomniez bien mon pauvre cœur,
monsieur, je vous assure ; il n'entend
rien à toutes ces choses et n'appartient
pas tant que voulez le dire au règne
de la minéralogie, il est bien plus dévoué
que vous ne le pensez, et surtout fort
patient ; la meilleure preuve que je puisse
vous en donner, c'est la tranquillité avec
laquelle je vous écoute... et vous ne me
faites rien entendre de fort agréable, vous

en conviendrez... j'ignore encore le motif de votre visite...

— Je vous aime, madame !

— Ensuite...

— Comment ! ensuite ?

— Oui, ensuite ; je le conçois très-bien, que vous m'aimiez ; tous ceux qui me connaissent m'aiment ; et moi-même je suis toute disposée à avoir pour vous, si vous le désirez, une grande et sérieuse affection, toute maternelle. Ma maison vous est ouverte ; vous y trouverez toujours une hospitalière amitié, ingénieuse à vous distraire de votre isolement ; vous êtes par votre studieuse intelligence appelé à devenir une célébrité médicale, et...

— Vous feignez de ne pas me comprendre, madame !

— C'est vrai, monsieur, et j'ai tort, répliqua la princesse avec hauteur, j'oublie un instant que je suis entièrement libre de mes paroles et de mes actions. Mais cet oubli est nécessaire, car, sans cela, il faudrait me rappeler que vous êtes chez moi assez... indiscrètement...

— L'adverbe est dur... Tenez, madame, il y a des hommes qui se couchent en rond aux pieds d'une femme comme une chienne ou un lévrier ; il n'est pas dans ma nature d'user de ces pratiques galantes ; je considère cela comme une lâcheté. Dans une vitrine de coiffeur, la tête de ces hommes plairait à de certaines femmes. Leur conversation est comme leur habit ; elle est coupée de façon à s'ajuster, sans faire un pli, à la taille des personnes qu'ils attaquent.

Cette nature d'homme n'arrive pas jusqu'à votre appréciation, je le sais, madame, mais il faut lui reconnaître néanmoins une certaine habileté, un talent de mise en scène, qui me manquent complètement. Si le plumage du paon et la voix du rossignol sont suffisants pour constituer une bête à bonne fortune, je regrette vivement en ce moment d'être un aussi triste et maladroit personnage... Je suis trop sérieux pour avoir recours aux banalités ; je pense qu'il est inutile de dire à une femme qu'on l'aime... on ne saurait le faire sans renouveler de plates répétitions qui se récitent comme une leçon de perroquet. Mon opinion est que l'amour comme la haine se devinent avec un instinct infaillible ; les gens les plus maladroits ont à cet égard une intuition qui ne trompe jamais... Pourquoi donc vous, madame, qui êtes si heureusement douée, mentez-vous à votre caractère, en voulant me faire dire ce que vous savez parfaitement : vous me considérez donc comme un de ces hommes dont je vous parlais tout à l'heure ? Il faut donc vous peindre avec une éloquence de convention un douloureux martyre dont l'expression est ridicule ! Pourquoi m'offrez-vous une affection mater- nelle ? Je n'en ai que faire... j'ai une mère, madame, et elle remplit trop noblement

son devoir pour avoir besoin d'une doublure.
Que voulez - vous que je fasse ?..... Me
retirer... C'est une abnégation facile aux
héros des romans de chevalerie, mais je
suis plus nerveusement constitué, moi, et
l'application de votre écharpe sur ma poitrine, dût-elle durer dix ans, n'apaiserait
pas la souffrance qui me torture le cœur !...
Comment donc m'y prendre ?... Qu'avez-
vous à me dire ?

— Peu de choses, monsieur... vous vous
trompez, ce n'est pas de l'amour que vous
éprouvez, c'est un acte de volonté... Vous
vous êtes dit : — *Je veux*... et il se trouve
que c'est moi que vous voulez... Cela est
fâcheux, d'autant qu'il faut deviner encore
que vous me voulez, et que vous ne
paraissez pas être éloigné de cette idée
que mon devoir serait d'aller vous demander
en mariage... C'est très-original, et voilà
la première fois que j'assiste à pareille scène !
Aussi dois-je vous dire que c'est un motif

de curiosité seul qui me la fait supporter,
attendu que votre langage inconvenant et
votre ton cassant demandent beaucoup
d'indulgence. Il y a beaucoup de bonnes
choses dans tout ce que vous dites, mais
vous êtes à côté des questions que vous
soulevez...

Cette intuition dont vous parlez existe
en effet, mais il faudrait être une terrible
magicienne pour l'avoir avec vous... Je
vous ai bien regardé, pas un muscle de
votre physionomie n'a bougé, pas une nuance
n'est venue colorer votre teint. La statue
du Commandeur serait venue faire la cour
à Elvire, qu'elle n'aurait point eu une autre
mine que la vôtre. Il faut vous défaire de
votre air de spectre... Si vous voulez que
je vous aime, mangez du beefsteak, consentez à rire, non pas du bout des dents
comme vous le faites, et assez rarement
encore, mais en ouvrant la bouche et d'une
façon sonore ; je veux bien recevoir au

nombre de nos amis un bon et brave garçon, franchement organisé... mais je fermerais impitoyablement ma porte à Croquemitaine, je vous en préviens... Il vient des petits enfants ici ; je vous trouverai plus sage à mon retour, je l'espère.

Pas un poil des sourcils de Michel ne frémit, il resta un moment silencieux, puis reprit avec une voix altérée, discordante :

— Vous partez demain au matin ?

— Oui, monsieur, à dix heures.

— Voulez-vous me permettre de vous accompagner... Les communications ne sont pas faciles dans les Principautés, et la connaissance que je possède des localités pourrait vous offrir de précieuses ressources.

— C'est inutile ; j'ai l'habitude des inconvénients d'un voyage que je fais aussi souvent ; et d'ailleurs je ne suis pas seule : Plogojowitz se charge de tous les soins

matériels, et puis je retrouve en route mon
vieil ami, le colonel Harold, qui, comme
vous le savez, m'attend tous les ans à
Tchernetz et vient passer avec moi les
vacances à Trébizonde.

— Ainsi, madame, ma présence vous est
odieuse ; vous refusez d'employer avec
moi l'ironique traitement qui vous fournit
un texte si inépuisable de fines plaisanteries. Les amoureux à l'eau de rose sont
les seuls que vous vouliez supporter : ce
n'est pas brave, et vos merveilleuses cures
n'ont rien de bien miraculeux. Vous êtes
un médecin à la mode, et, quand le mal
que vous causez se borne à de capricieuses
fantaisies, vous consentez à le combattre ;
avec moi vous reculez.

— Non, monsieur, je ne recule pas...
mais je ne daigne pas... Depuis une heure
que vous êtes ici, votre langage est bref,
impérieux... Je serais engagée avec vous
que vos façons d'agir seraient inconvenantes...

à plus forte raison ne devriez-vous pas
oublier que je n'ai encouragé en rien votre
impertinente visite. Si je vous aimais,
monsieur, je vous le dirais, et j'accepterais
franchement les conséquences de cette
situation, mais, comme il n'en est rien,
je veux bien écouter patiemment de fasti-
dieuses galanteries quand elles ont pour
interprètes des gens de bonne société et
que j'estime ; je veux bien consentir à
ramener doucement à des idées raisonnables ceux de mes amis qui éprouvent
passagèrement une passion poliment exprimée... mais il ne me plaît pas de supporter
l'accent d'autorité qui perce à chaque mot
de vos prétentieuses déclarations... Je par-
donnerais et j'aurais de bonnes paroles pour
excuser et consoler un moment de folie
manifesté convenablement... mais je n'ai
qu'une seule chose à dire à monsieur Michel
Krauft, tel qu'il se présente aujourd'hui,
c'est que j'espère, je le répète, le trouver

plus sage, plus policé à mon retour... Quant
à présent, il est tard, monsieur, j'ai encore
à m'occuper de beaucoup de petits détails,
veuillez vous retirer, et si, au mois de
novembre prochain, vous consentez à reconnaître que mon libre arbitre est quelque
chose d'assez précieux pour qu'on prenne
la peine de le prier, et non qu'on cherche
à le faire obéir, alors vous pourrez revenir
chez moi... mais auparavant, croyez-moi,
voyez un peu de monde... vos manières
sont un peu sauvages ; je vous parle en
sœur en ce moment : vous êtes trop sombre,
trop concentré, l'ordre de la nature semble
renversé avec vous, vous paraissez plutôt
revenir de l'autre monde que vous disposer
à y aller en traversant le plus tranquillement
possible les mauvais quarts-d'heure de
cette vie... Au revoir, monsieur, dans six
mois.

Michel Krauft se leva, traversa sans dire
un mot la largeur de la pièce, et tenait

déjà le bouton de la porte, lorsqu'il se
retourna subitement et revint vers la princesse ; elle fut étonnée de l'incroyable
expression de domination qui se peignait
sur cette figure : les yeux avaient un aspect
sinistre, la pupille se rétrécissait visiblement
et grandissait le blanc de l'œil ; le regard
était tout aussi mort, mais il se creusait
et pénétrait plus profondément ; ce n'était
qu'un mince rayon, mais il perçait comme
une vrille · de feu.

— Madame, dit Michel, écoutez bien ceci :
J'ai analysé froidement le singulier sentiment
qui me pousse vers vous, et ce sentiment est
en effet une volonté, mais une volonté implacable, assez décidée, assez déterminée, pour
que je n'y renonce jamais. Physiologiquement,
c'est inexplicable, mais dans la pratique, cela
existe ! J'ai combattu le pour et le contre, le
résultat est fatal, je ne puis prendre sur moi
de vous abandonner ! Je vous veux, et, si dans
la lutte une barrière se présente, j'aime mieux

risquer de me briser la tête que de ne pas essayer de la franchir. Si j'étais d'un caractère moins absolu, j'aurais pu m'y prendre avec vous plus bénévolement, mais avec une organisation tranchée comme la mienne, je perdrais plus de temps à acquérir les qualités qui me manquent pour arriver à une réussite douteuse, qu'à marcher droit au but que j'envisage avec les défauts que vous me reprochez. Attendez-vous donc à tout, mon parti est pris; la moindre contrariété me révolte et m'excite tellement que je jouerais à chaque instant ma vie pour la surmonter, et cela sans grand regret. Or, à partir d'aujourd'hui, tous les moyens me seront bons; vous êtes prévenue, vous avez eu raison de me dire au revoir, madame, nous nous reverrons, je vous le promets !.

Et Michel Krauft, impassible, sortit comme s'il venait de dire les choses les plus naturelles du monde.

Malgré son sang-froid, la princesse resta

un moment stupéfaite, et ce fut avec une inquiétude qu'elle ne put vaincre qu'elle fit ses derniers préparatifs. Une indisposition survenue à
Plogojowitz, son intendant, retarda le départ
de deux jours ; le changement qu'elle fit subir
à son itinéraire allongea également sa route
ordinaire et ce ne fut que quinze jours après
la scène qui vient de se passer qu'elle arriva à
Tchernetz.

Elle y arriva souffrante, et la surprise qui
l'attendait dans ce lieu n'était pas faite pour
la remettre. Tchernetz est un petit bourg
sur le Danube, un lieu d'attente, pour ainsi
dire construit là pour les voyageurs qui traver-
sent les Principautés, et qui consiste en
quelques maisons misérablement groupées
autour de l'auberge, le palais du lieu.

Ce n'était pas une femmelette que la princesse ; elle s'étonnait difficilement. Eh bien !
elle ne put surmonter le mouvement d'effroi
qui la saisit, le frisson qui fit tressaillir son
corps, lorsqu'elle aperçut en entrant dans

l'auberge les deux hommes qui occupaient les deux angles de l'immense cheminée de la salle commune. On aurait frissonné à moins : le voyageur du côté droit était le comte Harold Stanoska, colonel hongrois ; l'autre aurait été facilement reconnu au bout de vingt ans, quand on ne l'aurait vu qu'une fois : c'était Michel Krauft.

Il faut que nous fassions connaissance avec le colonel ; il en vaut la peine, et va remplir un des principaux rôles de cette triste histoire.

Le colonel Harold était un type assez curieux de fou en liberté. Il y a beaucoup plus qu'on ne le croit de ces porteurs de cerveaux détraqués à qui on laisse imprudemment le monde entier pour maison de santé ; de la meilleure foi du monde, ils causent tout le mal possible dès qu'une piqûre d'épingle vient exciter leur manie. Ce n'est qu'un petit coin de cervelle, tout le reste est parfois d'une excellente organisation, mais ce petit coin est terrible, il fait rage à lui tout seul et entraine tout le reste à l'accomplissement des actes extravagants qu'il enfante. Chez le colonel, ce coin vicieux, cette tache d'huile grandissait de jour en jour et rendait de plus en plus dangereux un genre de folie assez rare : il était fou de bravoure, mais fou à ne reculer devant aucune entreprise, quelque excentriquement téméraire qu'elle pût être ; fou à chercher le danger quand il ne se présentait pas, comme d'autres cherchent une existence tranquille. Il savait se créer des difficultés périlleuses, et ouvrait, pour sortir de chez lui, plus volontiers la fenêtre que la porte. A part son don quichotisme, Harold était un homme parfaitement sûr, d'une franchise à toute épreuve, et, lorsqu'il consentait à mitiger l'inconcevable fougue de son caractère, c'était l'homme le plus estimé, le plus admiré de l'armée hongroise. Ses amis haussaient bien un peu les épaules en lui tendant la main, mais ils se seraient mis dans le feu pour lui être utile.

Il faut revenir à notre récit.

Dans le courant de la journée qui réunit, au bord du Danube, trois caractères si différents, la princesse, installée aussi confortablement que possible dans la meilleure chambre de l'auberge, conta au colonel tout ce qui s'était passé depuis leur dernière entrevue, sans oublier l'incident important du jeune Moldave et la singulière visite qu'elle en avait reçue au moment de son départ. Elle terminait à peine, lorsqu'un domestique se présenta et demanda si madame la princesse pouvait recevoir M. Michel Krauft. Elle répondit négativement.

— Vous le voyez, mon bon Harold, ceci devient fort sérieux : que me conseillez-vous ? L'avenir m'inquiète. Il faudrait pourtant que ce jeune homme consentît à se tenir tranquille.

— C'est bien simple, je vais aller le prendre et le jeter par la fenêtre ; je vous réponds qu'il ne bougera plus.

Et le colonel se leva pour mettre sa menace à exécution.

— Oui, mais c'est trop simple ; asseyez-vous, Harold, je voudrais un moyen plus compliqué.

— Voulez-vous que je le provoque ? je ferai tout mon possible pour qu'il ne remue pas plus qu'une mouche en sortant de mes mains.

—Toujours tuer... Voyons ! Harold, soyez donc raisonnable, vous aussi. Quand vous aurez tué ce pauvre enfant... Est-ce un crime qui mérite la peine de mort, après tout, que de m'aimer ?... Vous savez que je déteste la violence... N'avez-vous pas d'autre manière d'affronter une difficulté que de tirer votre grand sabre et frapper dessus ?... Mais, à ce compte, nous autres femmes, nous ne saurions user d'aucune défense...

—Ah ! ma chère amie, c'est fort différent, si vous avez envie de vous laisser mordre par ce jeune serpenteau, il faut me le dire... mais il ne faut pas me demander conseil dans ce cas. Tenez, il parle peu, votre Michel Krauft,

mais il permet qu'on le regarde... Je l'ai bien
regardé, moi... et je vous certifie que le pauvre
enfant a les dents longues... Ce serait rendre
un service à la société que d'arracher cette
mauvaise graine avant qu'elle ait poussé plus
vigoureuse...... Maintenant, si vous voulez
essayer de la persuasion... voyez... recevez-
le... mais... vous perdrez votre temps, je vous
en préviens.

—C'est bien ce que je crains, mais que
faire ?

—Je ne vous reconnais pas, Lucie... En
vérité, vous m'étonnez prodigieusement en ce
moment... mais il faut user de la seule force
à employer pour vous, la force d'inertie...
C'est une mauvaise nature, une bête véni-
meuse, incapable d'une pensée généreuse...
C'est un scorpion que vous ne voulez pas me
laisser écraser... soit... mais au moins, fer-
mez toutes les issues, bouchez tous les trous,
refusez soigneusement toute entrevue... Ainsi,
ma chère Lucie, vous voilà en prison à Tcher-

netz, vous voyez un peu comme cela est ridicule !

—Tout ceci finira mal, Harold !

—C'est possible ; je vous promets de ne pas le chercher, mais, s'il vient à ma rencontre, je ne puis vous répondre de ce qui arrivera. Voyons ! Lucie, vous êtes inexplicable, je vous le répète ; je ne vous ai jamais vu cette inquiétude. Soyez tranquille, vous savez combien je vous aime : eh bien ! je suis là, je veille. Vous devez avoir besoin de repos ? je vais condamner votre porte et reviendrai ce soir vous tenir compagnie. Au revoir, Lucie.

Le colonel sortit, mais par une étrange coïncidence, il mettait le pied sur la dernière marche de l'escalier pour descendre juste au moment même où Michel Krauft mettait en bas le pied sur la première pour monter.

Les deux hommes se rencontrèrent au milieu.

Il y eut un temps d'arrêt, puis deux regards

se fixèrent froidement l'un sur l'autre, et pas une paupière ne se baissa.

—Je me doute de l'endroit où vous allez, monsieur, dit le colonel.

—Cela est d'autant moins difficile que c'est le seul où cet escalier conduise.

Le colonel pâlit.

—Oui, mais vous ne vous obstinerez pas, je pense, à continuer, quand vous saurez que le but, la porte, est condamné?

—Pardon! monsieur, je m'obstinerai, répliqua Michel Krauft avec une voix fort douce, fort mielleuse.

—Ah!... Ainsi vous persistez, malgré la défense formelle de la princesse, à essayer de pénétrer chez elle?

—Précisément, je persiste.

—C'est ce qu'il faudra voir, pensa le colonel.

Et pendant le moment de silence qui suivit, devinant cette détermination glaciale, inflexible, il se décida à tenter la chance du duel, et, dans le cas d'un refus, à essayer d'un dernier

moyen rendu opportun par la gravité des circonstances, et qui, on le comprendra tout à
l'heure, devait, dans la pensée du colonel,
terminer heureusement la situation.

—Monsieur Michel Krauft, dit-il (j'ai été
assez heureux pour apprendre votre nom),
puisque vous êtes si enragé à causer avec les
gens, vous devez comprendre ce désir chez
les autres. Eh bien ! il se trouve que je tiens
très-fermement à vous parler, et cela tout de
suite. Voulez-vous me faire l'honneur de
monter un instant chez moi ?

—Non, je refuse.

—Très-bien ! je vois que décidément vous
êtes un joli garçon. Mais à mon tour de vous
demander pardon ; vous me ferez cet honneur ; et malgré vous, vous verrez... Devant
deux volontés comme les nôtres, il n'y a plus
qu'un seul tiers qui puisse intervenir, et ce
tiers, c'est la force physique. Or, comme je
suis assez bien doué de ce côté, je vais l'employer, le tout sans vous faire de mal.

Et disant cela, le colonel empoigna par le collet de son habit et la ceinture de son pantalon le fluet Michel Krauft et l'emporta tranquillement à bras tendus jusque chez lui. Arrivé là, le colonel ferma la porte à double tour, mit la clef dans sa poche, alluma un cigare et s'assit. Michel ne pouvait pâlir, mais il pouvait devenir livide, et sa physionomie était cadavéreuse. La régularité des traits existait toujours ; on devinait seulement un état de rage indescriptible à l'altération de sa voix et à l'oppression de sa respiration.

—Là ! dit le colonel, voyez-vous que vous êtes venu. Si vous aviez été gentil, je n'aurais pas été forcé de vous enlever comme une jolie femme... C'est très-malhonnête, ce que vous avez fait là... En ma qualité de nouvelle connaissance, vous me deviez au moins la préférence... qu'en pensez-vous ?... Vous ne voulez pas parler ?... A votre aise, mais je vous préviens que vous resterez ici sans boire ni manger jusqu'à ce que vous ouvriez la bou-

che... à moins que ce ne soit pour me
mordre... auquel cas je me défendrai... Vous
ne vous attendiez pas à rencontrer à Tchernetz
un gaillard comme cet excellent colonel
Harold, hein? convenez-en... Cela dérange
un peu vos petits projets...

Probablement Michel Krauft pensa qu'il
avait au dehors des affaires qui ne souffri-
raient point de retard, car il parla; son
langage était bref, saccadé, mais il était
intelligible.

—Pas tant de paroles... Au fait... Que
voulez-vous de moi?

—Enfin... Voici en peu de mots... Il est
visible que je vous gêne. — La bouche de
Michel se contracta imperceptiblement. —
Bien! je saisis le signe... J'ai également une
certaine envie, mais très-violente, de me
débarrasser de vous... Voulez-vous vous
battre? Nous allons prendre des armes et
sortir pour vider immédiatement cette affaire.

— Non, dit Michel.

— Non ?

— Non ! je n'ai aucun avantage à cela. Je sais que la princesse n'aime personne : que m'importe donc de vous tuer... ce ne serait pas une chance heureuse pour moi. Ma position serait toujours la même, sauf ma liberté d'action qui est bien quelque chose. Mais je recouvrerai cette liberté le jour où vous ne serez plus là. Ce n'est donc qu'une affaire de patience, tandis qu'en me battant, au contraire, je cours une chance terrible, c'est celle d'être enterré, et comme vous le dites si spirituellement, monsieur, cela dérangerait encore bien plus mes petits projets.

— Peste ! mais vous êtes un habile logicien, monsieur Michel ; il faut que vous vous battiez cependant, je vais vous y forcer... Quelque méchant que vous soyez, monsieur, il doit y avoir dans un rejeton de votre race un principe d'honneur que je n'invoquerai pas en vain, je crois... eh bien ! je vais confier à cet honneur un secret que je vous prierai de con-

sidérer comme inviolable... Voulez-vous me
donner votre parole ?

— Allez, monsieur, je la donne.

— L'aveu que je vais vous faire vous fera
facilement comprendre combien la position
que j'occupe auprès de la princesse vous gêne,
et combien il est important pour vous de chercher à me tuer : je ne suis pas seulement l'ami
de la princesse, monsieur, je suis même,
suivant que vous envisagerez les choses,
beaucoup plus ou beaucoup moins que son
amant ; moi, je dis beaucoup plus, parce que
Lucie est une noble femme qui aime et comprend son devoir, et que celui d'épouse est un
de ceux qu'elle considère comme le plus sacré.
Celle que vous appelez la princesse de Trébizonde est en réalité la comtesse Harold
Stanoska. Il est inutile de vous dire pourquoi
ce mariage est toujours resté et restera
toujours secret, seulement vous n'avez
plus de motifs à invoquer maintenant,
votre patience serait longue, votre avan-

tage est de me tuer... voulez-vous vous
battre ?

— Vous manquez de perspicacité... La
position change dans la forme, mais dans
le fond elle est toujours la même ; il y a
mieux, le duel m'offre moins de chances.
Dans le premier cas, si je tue l'ami, on peut
revenir sur cette douleur... Dans le second,
si je tue le mari, avec le caractère de votre
femme, j'excite une haine à jamais implacable.
Vous devenez donc tout-à-fait inviolable maintenant, plus inviolable que tout-à-l'heure,
officiellement du moins, dit Michel Krauft
en souriant. Nous n'avons point à discuter
ma mort, ajouta-t-il ; dans les deux cas,
elle reste la même. Je refuse... j'aime mieux
attendre...

— Monsieur, vous êtes chez moi, vous en
sortirez sain et sauf ; mais écoutez bien ceci :
par votre conduite, vous êtes en dehors
de tous ménagements ; je vais vous rendre
votre libre arbitre... mais sur mon honneur

si vous adressez seulement une parole, un
mot, à la comtesse, voici ce qui arrivera...
nous sommes à Tchernetz ; par mon grade,
je suis ici le maître absolu : eh bien ! je vous
ferai prendre par une escorte de trabans, et
vous ferai reconduire dans votre famille.
Vous m'avez entendu... Faites-y bien attention... Partez, monsieur, je n'aime pas les
lâches.

Michel Krauft sortit crispé comme un
batracien sur le dos duquel on jetterait du
poivre.

Cinq heures après cette conversation, la
nuit était survenue. Le colonel suivait mé-
lancoliquement un petit chemin creux,
bordé d'un côté par un mur, et de l'autre par
une haie qui le séparait du Danube, lorsque,
dans un enfoncement un peu sombre, il vit
briller, sous un rayon de lune, une lame
de couteau qui se dirigeait hostilement sur
sa poitrine. Il pensa que, pour manœuvrer
d'une façon aussi intelligente, ce couteau

devait être mu par une main tenant à un bras emmanché dans un corps dont il était bon de voir la figure.

Avec la rapidité de l'éclair, il para le coup, saisit comme un étau le poignet meurtrier et tira à lui :

— Tiens, tiens, tiens ! dit Harold : monsieur Michel !... Je m'en doutais... Est-ce que votre chère santé serait compromise, depuis ce matin, que vous venez respirer les fraîches émanations du Danube ?... Vous avez là un joli couteau... un peu petit, mais il est suffisant cependant... Je vois ce que c'est : il est tout nu, il lui manque une gaîne, et vous avez voulu vous servir de mon pauvre corps pour lui en fournir une... Diable ! mais vous êtes un garçon de goût : il vous faut des manches d'une certaine valeur !... Ah çà ! j'aurais bien le droit de vous étrangler et de vous envoyer dans la rivière, n'est-ce pas ?... Non... cela m'est défendu ; je vais même pousser l'intérêt

jusqu'à vous ôter ce dangereux joujou avec
lequel vous pourriez vous blesser... Seulement, vous me permettrez bien de satisfaire
un petit moment de curiosité : je désirerais
savoir s'il est possible d'animer un peu vos
joues, ordinairement d'une pâleur si obs-
tinée... Venez donc dans un endroit plus
clair...

Le colonel traîna Michel sous un rayon
de lune, le cloua contre le mur avec une
main de fer, et le souffleta de l'autre à
trois reprises différentes : à chaque soufflet
il regardait curieusement si l'expérience
réussissait. Au sixième, il y renonça.

— Il n'y a pas moyen, dit-il, les roses
ne veulent point venir sur vos joues, c'est
un endroit trop malsain... Maintenant, c'est
moi qui refuse de me battre avec vous, et
rappelez-vous ce que je vous ai dit, à la
moindre tentative, je vous envoie mes
trabans.

Cette journée, féconde en évènements,

devait se terminer par un incident épouvantable. Peut-être une heure à peine s'était écoulée que le comte Stanoska était chez la princesse et causait avec elle du danger qu'il venait de courir. Elle blâmait toutes ces violence. « Il aurait mieux valu, criait-elle, partir tout de suite et changer de lieu de résidence cette année; peut-être le temps aurait-il calmé un état extraordinaire que les scènes de la journée ne pouvaient qu'exaspérer. » Elle reconnaissait néanmoins, dans tout ce que le colonel avait fait, la justification des procédés extrêmes provoqués par cette situation exceptionnelle; cependant elle ne pouvait s'empêcher d'être préoccupée; elle ne pouvait surmonter une vague inquiétude, que le comte partageait un peu, malgré son apparente tranquillité. Un prompt départ était indispensable; il fallait éviter à tout prix une odieuse individualité et revenir sur ses pas pour rencontrer le bateau, qui ne passait à Tchernetz qu'à trois jours de là.

Ils en étaient à se demander si l'on ne donnerait pas l'ordre de faire atteler tout de suite, lorsque l'escalier gémit sous la pression d'un corps qui s'arrêtait à chaque marche... Un frottement sourd indiquait que le visiteur nocturne s'aidait du mur pour se soutenir ; c'était un homme ivre ou un mourant... Le comte et sa femme écoutèrent anxieusement... A chaque marche, péniblement franchie, on entendait une respiration haletante, une sorte de sifflement rauque comme un râle... La comtesse se précipita vers la porte, l'ouvrit, regarda et rentra immédiatement... — C'est Michel, dit-elle d'un ton bref. Le colonel allait s'élancer, elle le retint. — Pas un mot, Harold, pas un geste, laissez-le venir... je vais lui parler... je le veux...

Au moment même, le frôlement s'opéra derrière la cloison du palier jusqu'au seuil de la porte, et une figure horrible apparut... Michel Krauft, les traits affreusement altérés, entra dans la chambre et roula sur le tapis dès qu'il quitta son point d'appui... Il fit signe qu'il voulait parler, et avec un son de voix impossible à rendre, il parvint à prononcer distinctement quelques mots, entrecoupés par les convulsions d'une agonie hideuse : — « La mort seule pouvait venir en aide à » ma vengeance... mais c'est une maîtresse » jalouse... il faut aller à elle librement... » Elle refuse ses faveurs à quiconque lui » est envoyé par la main d'un autre... je » vais mourir par ma volonté... *mais je* » *suis d'une famille de* BROUCOLAQUES... je » me vengerai !... » — Et Michel Krauft se dressa de toute sa hauteur, fixa avec deux yeux dilatés d'une façon surhumaine un regard que la princesse ne put soutenir, et retomba foudroyé.

Un troisième personnage assistait à cette mort, Plogojowitz, attiré par le bruit qui se faisait en haut, était monté juste assez à temps pour entendre les dernières paroles du moribond. Peut-être lui seul y attacha-t-il un

5

sens sérieux, car il s'évanouit, et refusa obstinément, quelques instances que pussent lui
faire le comte et sa femme, de partir avec eux
une demi-heure après.

Quand il les rejoignit au bout de quinze
jours une étrange révolution s'était opérée
dans sa personne, ses cheveux étaient devenus
tous blancs. Mais on ne put jamais savoir ce
qu'il avait fait à Tchernetz, la seule chose
qu'il raconta fut qu'au moment de l'enterrement, toutes les tentatives pour fermer les
yeux du cadavre étaient demeurées infructueuses.

Un an après les événements que je viens de vous raconter, nous retrouvons tous ceux qui nous intéressent au château de Ruska, près de la petite ville de Sereth, dans les monts Krapaks. En Moldavie, c'est un usage datant de l'antique hospitalité féodale que les grands seigneurs invitent tous les ans, à tour de rôle, à l'époque des chasses de septembre, non-seulement leurs voisins, mais encore celles de leurs connaissances, quelque éloignées qu'elles soient, à qui ils veulent faire honneur. C'était cette année le tour du prince

Ruska, et parmi les nombreux amis qu'il
avait réunis se trouvaient la princesse, le
colonel et leur intendant Plogojowitz. Ils
n'avaient pu refuser cette invitation, et comptaient passer quinze jours au château avant
de reprendre la route de Paris. La princesse
était bien changée, elle avait toujours été
sereine, mais depuis un an, les quelques
éclairs de gaîté qui animaient parfois sa placi-
dité ordinaire avaient disparu. Cette malheureuse journée passée à Tchernetz lui avait
causé une impression dont le souvenir pesait
tristement sur sa pensée. Ce n'était pas un
remords, elle n'avait rien à se reprocher, mais
c'était un sentiment d'effroi, un regret douloureux, une sorte de reproche au hasard,
qui avait fait d'elle la cause d'un événement
affreux. Le colonel était toujours le même,
ses fanfaronnades belliqueuses ne faisaient
que croître et embellir, et il fallait s'estimer
heureux quand il ne mettait pas à exécution
les étonnantes témérités qui lui passaient par

la cervelle. Quant à Plogojowitz, il était enfoncé dans une préoccupation perpétuelle ; depuis la fatale soirée, on ne l'avait jamais vu rire.

Le temps se passait assez agréablement à Ruska, chacun déployait une activité ingénieuse pour égayer un séjour assez triste en réalité. Toute la journée on chassait dans les grandes forêts des environs ; c'était une étendue immense de massifs de hautes futaies, d'interminables perspectives assombries par la prédominance de sapins entre tous les arbres ; les soirées déjà fraîches interdisaient la promenade ; il fallait se grouper dans la grande salle du château, et c'étaient les heures les plus difficiles à employer. Réduit aux proportions exiguës des meubles, ce château aurait pu offrir au musée de Cluny un précieux objet de curiosité ; mais tel qu'il était, placé dans l'entourage inculte d'une sauvage nature et avec ses proportions colossales, c'était un singulier lieu de rendez-vous, pour rassembler dans un but de plaisir une réunion de gens comme il faut de la société actuelle.

Il faut bien certainement que les poumons des châtelains du moyen-âge fussent plus puissamment organisés que les nôtres, car, malgré tout le train que tentaient de faire les hôtes actuels au château, c'était une lutte inutile, on ne pouvait vaincre le silence de cimetière qui surplombait toute espèce de bruit. Les anciens propriétaires semblaient avoir emporté avec eux les échos de cette gigantesque architecture, dont les vastes arceaux paraissaient comblés par une invincible sourdine, qui transformait les notes claires de la conversation en râles d'agonisants. Le même effet se produisait pour l'éclairage : ici, c'était la lumière qui ne pouvait rayonner, le noir envahissait tout l'espace et entourait les points lumineux d'un cercle de ténèbres dont les zones devenaient de plus en plus épaisses à mesure qu'elles s'éloignaient du centre. Les flammes scintillantes produisaient par leur tremblement des silhouettes dont les contours prenaient des formes qu'il faut renoncer à décrire, le noir ne se tenait plus tranquille, il dansait sur chaque relief, et les pénombres qui se formaient dans le clair-obscur paraissaient habitées par d'étranges figures.

Personne ne voulait avouer l'influence funèbre imposée par cet ensemble, mais tout le monde la subissait, et lorsque l'heure d'aller se coucher était arrivée, les conversations continuaient, en se tournant le dos, dans de grands corridors longs et étroits comme ceux des cloîtres, si bien que chacun en ouvrant sa porte s'apercevait qu'il parlait tout seul. Quelques-uns continuaient même leur monologue, après avoir fermé leur serrure à tous les tours, et jusqu'à ce que le sommeil vint les faire taire.

Un soir, la journée avait été pluvieuse, la société était maussade, ennuyée. Depuis le matin, le colonel racontait des prouesses

toutes plus excentriques, plus folles les unes
que les autres. En les racontant, il avait,
suivant son habitude, de ces airs de tête
insolents, de ces façons dédaigneuses qui
chatouillent toujours un peu l'humeur des
auditeurs. Avec un sang-froid superflu, il
exposait des récits de situation frissonnantes,
qui annonçaient de la part de celui qui s'y
était placé de gaîté de cœur un tel mépris de
la vie, un tel luxe d'affinités pour le danger,
que certaines susceptibilités s'en trouvèrent
blessées. Le colonel était monté, il enfilait
des scènes émouvantes avec un accompa-
gnement de circonstances dangereuses, qui
de tout autre que de lui auraient passé pour
de ridicules rodomontades. Cependant, comme
on le connaissait, comme sa réputation de
bravoure était colossale et fort justement
établie, personne ne se permit le moindre
ricanement en signe de doute, mais l'impression générale était hostile, on aurait désiré
un peu plus de modestie.

La péroraison ne fut pas sympathique. Il termina en déclarant qu'on n'était brave qu'à la condition de ne jamais manquer à cette qualité, qu'il ne concevait pas qu'une situation quelconque, quelque épouvantable qu'elle soit, pût effrayer un homme ; que lui n'avait jamais eu peur, et qu'il pouvait répondre de ne jamais éprouver ce sentiment dont le moindre signe était, selon lui, un indice de lâcheté.

Il mit une certaine aigreur en prononçant ces paroles, et quelques murmures lui répondirent.

On lui représenta qu'il ne fallait pas confondre la peur avec la lâcheté, ces deux choses étant fort différentes ; que personne ne pouvait répondre d'un moment de surprise ; que la bravoure consistait même à surmonter ce premier mouvement d'étonnement et à forcer la volonté à conquérir la tranquillité nécessaire pour juger le danger et y faire face. Le colonel refusa avec hauteur d'admettre la justification raisonnable. d'un signe de faiblesse, et s'anima tellement qu'il se dressa pour protester et déclarer de nouveau qu'il était sûr de lui. La dispute allait s'échauffer, lorsque le silence s'établit tout-à-coup ; le maître de la maison, le prince Ruska, venait de se lever et marchait droit au colonel. Arrivé près de lui, il lui frappa sur l'épaule et dit :

— Eh bien ! Stanoska, voulez-vous faire une gageure ?

— Laquelle ?

— Je parie, et nous ferons l'enjeu aussi considérable que vous voudrez, devant toutes les personnes ici présentes, je parie, si vous voulez rester jusqu'à l'épreuve... *qu'aux premières neiges, vous aurez peur...* et vous aurez peur ici, dans ce château, et ce ne sera pas un moment de surprise, ce sera la peur aussi complète que vous voudrez... vous frissonnerez, vos cheveux se dresseront sur votre tête, une sueur glacée couvrira votre corps, vous appellerez au secours... Voulez-vous tenir le pari, Stanoska ?

— Ainsi présenté, le refus aurait une apparence de crainte, j'accepte.

Evidemment, la nature violente du comte était excitée en donnant son acquiescement ; ses dents étaient serrées, il était pâle et son œil provocateur semblait chercher une affaire : on comprit la difficulté de prolonger plus longtemps une conversation placée sur de semblables épines, et un quart-d'heure après chaque hôte du château était retiré dans son appartement.

Le lendemain, la princesse gronda sérieusement le colonel :

— Vous êtes un enfant, Stanoska, et comme les enfants vous obéissez à votre première impulsion. Vous devriez lutter plus courageusement contre votre défaut capital, c'est-à-dire cet immense orgueil qui encore une fois vient de vous placer dans une fausse position.... Quel ridicule pari avez-vous engagé hier au soir? Je ne doute nullement que vous ne sortiez à votre honneur de cette plaisanterie, mais il y a toujours une chose fâcheuse, c'est que vous allez être le jouet d'une mystification...

— Vous avez toujours raison, Lucie, cette fois comme les autres; mais je vous promets que, s'il y a des rieurs, ils seront de mon côté, ou, dans le cas contraire, ils riront à l'écart.

Quelques jours se passèrent; par un accord tacite, aucun des hôtes de Ruska ne fit la moindre allusion au défi porté dans la soirée. Stanoska ne surprit aucun chuchottement, pas un clin d'œil qui pût lui faire penser qu'on s'occupât de lui, autrement qu'à l'ordinaire. Evidemment les beaux jours étaient passés et la nature n'allait point tarder à revêtir sa blanche robe d'hiver, mais à mesure que les jours diminuaient et que le temps s'assombrissait, un état physiologique anormal obligeait le colonel à changer le cours de ses réflexions.

· — Ils vont me faire quelque chose, pensait-il, quelque comédie dans le genre des épreuves maçonniques ! Bah ! nous verrons bien. Il aurait voulu hâter cependant cette première neige qui devait mettre un terme à son impatience. Soit motif de curiosité, soit excitation nerveuse, il était inquiet ; malgré lui il éprouvait cette anxiété causée par l'attente d'un évènement qui doit se passer avec une apparence surnaturelle. Il ne doutait point que ce ne fût avec cet ordre d'idées qu'on l'attaquât, et il aurait volontiers transigé pour un combat inégal avec une bande d'assassins.

Au reste, il n'allait point tarder à savoir à quoi s'en tenir : le septième jour, comme il revenait de la chasse après une battue infructueuse dans d'épais taillis tristement éclairés par un ciel de plomb, quelques flocons de neige largement clair-semés

vinrent se poser comme des papillons gla-
cés sur le visage des chasseurs. Il sembla
au colonel que tous les regards se fixaient
sur lui avec une expression de gravité inha-
bituelle, mais pas une exclamation ne fut
poussée, la princesse seule paraissait mécon-
tente et avait un imperceptible mouvement
d'épaules qui fit rougir Stanoska. Le soir en
se rendant à la veillée il ouvrit une croisée ;
la neige tombait à flots, il trouva tout le
monde réuni et causant de choses indifférentes, seulement il était facile de remarquer
un notable changement dans la manière
d'être du comte, il était soucieux et répondait par monosyllabes ; il resta ainsi toute
la soirée, mais au moment de se retirer,
il réclama un moment d'attention et expliqua
ainsi ce qu'il avait à dire :

— C'est cette nuit, messieurs, que je
dois avoir peur !

— Peut-être, lui répondit-on.

— Comment, peut-être ?

— Oui, il est probable que ce sera pour cette nuit ; mais rien ne l'assure. On vous a dit : Aux premières neiges, et rien n'indique que ce soit à celles du premier jour ou à celles du troisième.

— C'est une terrible patience que vous exigez de moi, messieurs !

— On n'exige rien de vous et on ne fait pas d'appel à votre patience ; on vous a dit que vous auriez peur. Vous êtes libre de renoncer, mais, si vous restez au château, ce que l'on vous a dit se justifiera : vous aurez peur !

— Soit ! messieurs ; mais, à mon tour, vous me permettrez bien d'établir mes conditions. Je veux bien consentir à vous amuser une de ces nuits ; je veux bien me laisser bander les yeux, tenir ma porte ouverte à tous venants, rire des costumes que vous allez endosser pour jouer les rôles lugubres des prétendus revenants de votre pays ; je veux bien consentir à tout cela pendant un temps, mais vous reconnaîtrez qu'il faut mettre des limites à ma complaisance ; il faut fixer l'espace que durera l'épreuve, sans quoi je finirais par me trouver placé dans une position ridicule qu'il ne me plaît point d'accepter. Eh bien ! je vous donne quatre heures, c'est assez, je crois. Pendant ce laps, je déploierai toute ma bonne volonté pour me laisser effrayer. Ainsi, entendons-nous bien : si vous commencez à minuit, par exemple, l'heure classique des fantômes, vous pouvez, jusqu'à quatre heures du matin, vous servir de toutes les ressources de votre imagination ; mais si, à cet instant, je ne reconnais point que j'ai eu peur, je sommerai quiconque se trouvera chez moi de se retirer ; et s'il ne le fait pas, je lui brûlerai la cervelle. Vous êtes prévenus, messieurs.

— Vous ferez ce que vous voudrez, vous êtes libre, colonel... mais vous aurez peur !

En se retirant, le comte dit à la princesse :

— Que pensez-vous, Lucie ?

— Que je voudrais être loin d'ici, je ne sais... j'ai de tristes pressentiments.

Ce fut au tour de Stanoska de hausser les épaules. En arrivant à la porte, il trouva Plogojowitz, qui l'attendait dans le corridor une épée nue à la main.

— Que veux-tu, Plogojowitz ? dit le comte surpris.

— Que vous preniez cette épée, colonel ; c'est une épée bénie, et...

— Ta, ta, ta ! es-tu fou aussi, toi ? Que diable veux-tu que je fasse de ton épée ? Est-ce que je n'ai pas mes pistolets ? Es-tu acteur de la scène qui va se jouer, et as-tu été porté à cette place comme première utilité pour commencer à m'émouvoir ? Va te coucher, Plogojowitz, et laisse-moi tranquille.

Plogojowitz insista, les larmes aux yeux et insista tellement, que le colonel, qui n'était pas fâché de s'impatienter sérieusement, le rudoya et le poussa par les épaules. Le pauvre vieil intendant se retira avec l'air d'un homme abîmé dans une profonde douleur.

Une fois dans sa chambre, Stanoska alluma toutes les bougies qu'il put rencontrer, puis il examina soigneusement la vaste pièce qui lui servait de logement. Elle n'avait rien de particulier que cet aspect mélancolique général à tout le reste, aspect rompu cependant par quelques meubles modernes qui faisaient tache dans l'ensemble. Il sonda tous les murs, le plafond, le plancher : tout paraissait composé d'un bloc d'immenses pierres de tailles séculaires, qui ne renfermaient aucunes parties creuses. Il ne découvrit aucun vestige de trappes, et les croisées ouvraient sur un mur à pic descendant dans les fossés ; au-delà s'étendait la campagne. Tout bien examiné, il acquit cette conviction que l'on ne pouvait pénétrer chez lui que par deux issues, la porte et la cheminée : or, pour ne gêner personne, il laissa la clef sur la première, et vint s'asseoir devant la seconde, embrâsée par un grand feu. Il était calme, et lut fort tranquillement les *Commentaires* de César jusqu'au premier coup de minuit. Au dernier, il leva la tête, et parut attendre qu'un bruit quelconque vint interrompre le silence de la nuit : mais rien ne troubla cette paix profonde, et les heures s'écoulèrent immuables, tranquilles, jusqu'à ce que le froid vint éveiller Stanoska ; il faisait grand jour, et un mouvement lointain lui annonça que tout le monde était sur pied.

Le lendemain fut l'exacte répétition de la veille, si ce n'est que la nuit, le comte regarda plus souvent sa pendule, se promena de long en large, ouvrit sa porte plusieurs fois, tendit l'oreille, ouvrit les yeux, mais rien ne vint encore satisfaire son impatience croissante, l'oreille ne perçut aucun son, l'œil ne put sonder les ténèbres opaques du corridor. Le troisième jour fut à peine éclairé, c'était une sorte de crépuscule, un brouillard épais de neige qui tourbillonnait dans la montagne et comblait toutes les vallées ; cette tourmente dura jusqu'à la tombée de la nuit où un vent violent dissipa les nuages qui interceptaient la clarté brillante de la lune.

Cette troisième nuit, l'impatience du comte tournait à la colère, il commençait à rugir et tournait dans sa chambre comme un lion dans sa cage. Minuit était survenu et les douze heures avaient lentement sonné, sans dater leur passage par une apparition quelconque. — Je commence à avoir peur, mais c'est d'être obligé de me fâcher demain tout rouge. — Il maugréait en lui-même lorsqu'un bruit se fit entendre sous ses fenêtres ; il bondit sur la croisée et l'ouvrit : c'était un paysan, un Obatche, qui passait en chantant une complainte du pays dont voici le sens : « La nuit est arrivée et le monde de vivants » dort, mais un autre monde s'éveille !

» La lune, en se levant, éclaire une seconde
» journée pendant laquelle les cimetières
» s'animent comme les villes pendant la clarté
» du soleil.

» Il y a deux existences : la vie et la mort,
» il y a les habitants du jour et ceux de la
» nuit.

» Les vivants rentrent dans leurs demeures,
» la nuit, et s'endorment ; c'est une mort
» apparente comme celle des trépassés pendant
» le jour ! La nuit, ils peuplent la terre à leur
» tour et passent invisibles en poursuivant
» un but inconnu.

» C'est un monde de spectres qui, comme
» le nôtre, renferme des bons et des
» méchants... et quand parmi ces derniers,
» le hideux Broucolaque sort lentement de
» sa tombe, les chairs livides, les lèvres
» dégouttantes de sang, avide de s'abreuver
» encore du liquide précieux qui le plonge
» dans une épouvantable ivresse... malheur
» à vous, vous qui excitez sa vengeance, car

» la lune est levée, onze heures sont sonnées,
» le vampire est en route ! »

— Voilà un animal, pensa Stanoska en fermant la croisée, qui chante un morceau lugubre... Tiens ! le feu est éteint... il fait un froid noir cette nuit... Bah ! elle se passera comme les autres, je vais me coucher. Le comte visita avec soin les amorces de ses pistolets, les posa sur une table à côté de son lit, ajouta un livre et deux bougies, et fit ses derniers préparatifs.

Il ne put dormir, il avait froid, cette fenêtre l'avait glacé ; il prit le livre, mais en suivait machinalement les lignes sans en comprendre le sens, sa pensée récitait malgré lui le chant qu'il venait d'entendre, et il le recommençait sans se rendre compte du travail qu'il accomplissait ; tout-à-coup un léger grincement le fit tressaillir. — C'est la pendule qui va sonner pensa-t-il ; — il regarda, la pendule marquait une heure moins vingt... le petit bruit se renouvela : il venait de la serrure, une main pressait la clef avec des soins minutieux et la tournait pour ouvrir la porte. — Nous y voilà, dit le comte, et, tout son orgueil se réveillant à cette pensée, il s'étendit nonchalamment dans son lit et feignit de dormir... Il entendit la porte s'ouvrir lentement en grinçant une petite note aiguë, puis se refermer et des pas à peine perceptibles approchaient de son lit, près duquel ils s'arrêtaient... puis plus rien... l'imposant silence était rétabli.

L'épreuve est commencée, se disait Stanoska, toujours les yeux fermés, il y a quelqu'un ou quelque chose près de mon lit... je penche plutôt pour quelque chose, car une respiration ferait du bruit... Quoi qu'il en soit, j'ai bien envie de ne pas m'éveiller, ce serait un assez bon tour, surtout par le froid qu'il fait.

Cependant il n'y tint pas et ouvrit les yeux... il recula tout surpris... Un homme était debout près de son lit et le regardait... — Vous vous trompez de chambre, monsieur, probablement, s'écria Stanoska. En disant cela le comte remarqua une chose, c'est que le visiteur nocturne ne faisait point partie des hôtes du château; une seconde observation le frappa, c'est que l'inconnu conservait une immobilité, et une rigidité, qui n'appartiennent ordinairement qu'aux corps inertes.

Il détailla avec plus d'attention le personnage qu'il avait devant lui, il vit un homme de moyenne taille, vêtu fort simplement d'habillements noirs. Quant à l'âge qu'il pouvait avoir, il était assez difficile de se former une opinion à cet égard, et cela venait de l'étrangeté de sa physionomie qui n'était animée par aucune expression; sa figure avait les tons laiteux d'un enfant mort, les chairs en étaient pleines et la peau qui les recouvrait tellement fine, qu'on voyait courir le réseau veineux indiqué par marbrures violacées sur toutes les parties qui n'étaient point cachées par une épaisse barbe noire. Cependant la fraîcheur puérile de ce visage qui semblait de cire était démentie par deux cavités cerclées de bistre, dans lesquelles les yeux étaient profondément enfoncés.

Et, comme cet individu était désagréable à voir et inspirait un sentiment de dégoût :

— Tiens, tiens ! dit le colonel en s'appuyant sur son coude, est-ce que vous seriez chargé de me faire peur ? Mais vous n'êtes pas effrayant, mon cher monsieur, vous n'entendez rien du tout aux accessoires du fantastique : il fallait vous envelopper d'un drap blanc, monter sur des échasses, traîner des chaînes... tels sont les classiques accessoires dont il faut se servir pour jouer au *revenant*... Si vous aviez fait tout cela, votre physionomie, qui n'est pas séduisante, je l'avoue, en aurait reçu un caractère plus spectral... Mais monsieur est romantique, peut-être, monsieur cherche des moyens neufs... ou bien monsieur aura pensé que, parce que l'on a l'air de revenir de l'autre monde, ce n'est pas une raison pour être impoli, et qu'il était plus comme il faut d'abandonner un linceul pour revêtir un costume convenable... Ainsi c'est convenu, vous venez de quitter votre bière pour me faire une petite visite... c'est bien gentil cela, au moins... Voyons donc si vous aurez pris la précaution de tremper vos mains dans la neige avant de monter... donnez-moi donc la main, en admettant que vous puissiez remuer, ce dont je doute.

Le quelqu'un qui était devant le lit défit son gant, sans quitter des yeux ceux du colonel, et tendit sa main... Elle était bien glacée, en effet, et un frisson parcourut Stanoska, lorsqu'il la toucha; il venait de reconnaître une nature de froid que l'on n'oublie jamais lorsqu'on a subi une fois l'impression de son contact; les ensevelisseurs le connaissent bien, ce froid là !...

Nous ne saurions trop dire quel sentiment éprouvait l'âme de Stanoska; il ne s'en rendait pas bien compte lui-même. Pourtant ce devait être de l'étonnement. Il s'attendait à toute autre chose, à du

bruit, par exemple, à toute une machi-
nation fantasmagorique qui pouvait sur-
prendre par la perfection de ses moyens,
mais qui, néanmoins, devait laisser voir
les ficelles, tandis que ce qui lui arrivait
commençait à lui paraître incompréhensible.

Il ne savait quel nom donner à ce qu'il
avait devant lui : ce qui était certain ,
puisqu'il le voyait, c'est qu'il n'était pas
seul, un autre homme était avec lui ; ce
pouvait être un mannequin, cependant...
une figure inanimée, car la vie se manifeste
ordinairement par un mouvement, si imperceptible qu'il soit... et pas un pli de l'étoffe
pas un brin de cheveux ne bougeait...
pourtant un automate n'a pas de mouvements imprévus, et ne donne pas la main
à la volonté de celui qui commande... Non,
c'était bien un homme, ses bras étaient
croisés, et sa tête, avec la fixité d'une statue,
était tournée vers Stanoska et le regardait
avec une tenacité inflexible.

Le comte s'avoua encore une chose, c'est que ce regard le gênait, lui dont l'œil était si sûr, si fin. En ce moment ses prunelles louvoyaient et tournaient autour du point qu'elles ne fixaient pas franchement, il força sa volonté et regarda à son tour. Mais c'était une chose étrange, malgré lui il ne put éviter de baisser les paupières en rencontrant les yeux de l'*autre*. On n'aurait pu dire cependant s'ils étaient vivants ou morts, ces yeux, car on ne distinguait pas. Des yeux de verre auraient eu un reflet. Ici, les dessous des sourcils étaient occupés par deux taches noires, concaves, puisqu'elles étaient plus sombres au milieu que sur les bords, mais il aurait fallu regarder de bien près pour voir ce qu'il y avait dedans.

— Ah çà ! ceci devient ridicule, dit le comte ; quand on a une figure comme la vôtre, monsieur, on ne vient pas se faire voir aux gens à une heure du matin ; on va se percher au sommet de l'arbre le plus

élevé, afin de servir d'épouvantail aux
oiseaux... Ouvrez la bouche, au moins ;
vous avez déjà remué le bras... dites quelque
chose... Savez-vous que vous avez là une
jolie immobilité et un agréable teint : je
ne connais pas de femme qui ait la peau
aussi blanche... Vous avez bien aussi quelques
tons un peu cadavéreux, mais cela prouve
votre talent de peintre... Décidément, vous
ne m'effrayez pas... mais il y a dans votre
présence et votre aspect quelque chose de
répulsif ; vous êtes hideux, le diable m'emporte ! Néanmoins, si vous êtes décidé à
me tenir compagnie toute la nuit, prenez
donc au moins la peine de vous asseoir.
Tiens ! vous vous placez sur le pied de
mon lit : soit ! à votre aise.

Le comte aurait probablement continué
sur ce ton, lorsque le cours de ses plaisanteries fut arrêté net par une remarque
qu'il fit lorsque la figure opéra son mouvement... c'est qu'elle ne projetait pas d'ombre !..

Dans la situation du colonel, on cherche l'épouvantable où il n'est pas, et on ne remarque pas tout d'abord des faits plus simples en apparence, mais qui, par la réflexion, sont les seuls réellement effrayants. Ainsi, c'est peu de chose que l'ombre d'un homme ; eh bien ! ce peu de chose, le comte venait seulement de s'apercevoir qu'il manquait à son compagnon, et la constatation de ce fait eut pour résultat de faire battre son cœur plus vite. Il n'y avait pas d'erreur possible, la lumière était placée bien en face de ce singulier être, et le rideau immédiatement derrière lui était clair, lumineux dans toutes ses parties.

Cette fois l'étonnement prenait une cause, il se raisonnait, ce n'était plus un moment de surprise, c'était la recherche du problème qui n'avait pas de solution... cela rentrait dans l'ordre des évènements au-dessus de la nature : aussi à partir de ce moment le sang-froid du comte était perdu, il faisait toujours bonne contenance, mais il commençait à être mordu par les premières atteintes de la crainte.

Il fit alors un acte de courage suprême :

— Puisque vous ne voulez pas causer, dit-il à celui que nous ne savons comment nommer, je vais dormir,—et il souffla sa lumière et ferma les yeux.

L'obscurité ne procure pas le sommeil ; elle enlève la vue des objets matériels, mais la pensée n'en est que plus active et gagne en perception ce que les organes de la vision viennent de perdre ; l'œil ne voit que les contours et les grave dans l'imagination, mais, si cette dernière devient seule partie agissante, elle voit bien autrement, elle, et corrige, en l'augmentant par tous les caprices de la fantaisie, le premier trait arrêté par la vue mécanique. C'était le cas de Stanoska : ses paupières étaient baissées, mais il voyait... Sa volonté était impuissante à arrêter l'infernal travail auquel coopéraient toutes les parties de son cerveau ; l'œuvre marchait vite, l'esquisse se transformait en monstre ; une chaleur suffocante faisait perler la sueur sur le corps du comte, le sang jaillissait de son cœur et y revenait avec une rapidité qui faisait trembler les muscles ; ramassé, pelotonné sur lui-même, il écoutait avec une curiosité dévorante, son oreille attendait un bruit qui n'arrivait pas, et pourtant le silence était entier, on aurait entendu un souffle... Que cherchait-il donc à savoir depuis un quart d'heure ?... Un fait trop réel... ce qui était sur le lit ne respirait pas... c'était la corrélation du manque d'ombre.

La réunion de ces deux idées parut tellement impossible à Stanoska qu'il se crut seul ; il étendit le pied doucement vers le fond du lit... et le replia comme un ressort... Il était toujours là... Qui, *il* ?... c'est ce que Stanoska se demanda ; mais un frisson

parcourut son corps qu'il gravit par zones
glacées comme les enlacements d'un serpent.

Une date se fixait maintenant obstinément
dans sa mémoire, celle de Tchernetz ; il
repoussa ce souvenir et rouvrit les yeux.
Une lueur éclairait une partie de son lit.
Chose singulière, cette lueur illuminait
d'une clarté blafarde, comme un reflet de
lune pendant un orage, la partie seulement
occupée par son corps ; elle en suivait exactement les contours et s'arrêtait au bord ;
le reste était dans l'ombre. Le comte cherchant à s'expliquer ce nouvel incident,
suivit les rayons lumineux et sentit ses
cheveux se dresser en arrivant à leur point
de départ. Les foyers de ces deux rayons
étaient placés dans les cavités qui plom-
baient le faciès de l'inconnu. Sa tête, placée
dans la pénombre, était livide et rivée sur
celle de Stanoska.

Le comte tremblant de fièvre sauta de
son lit, ralluma une bougie et bondit sur

7

son adversaire qu'il prit à la gorge d'une
main ; il sentit une seconde fois ce froid
sans nom, et ses doigts enfoncer dans des
chairs molles et visqueuses comme de la
gélatine. Convulsivement agité d'un sentiment d'effroi inexprimable, il approcha le
flambeau de ce visage, et le fouilla avec un
regard ouvert dans sa plus grande dilatation.
Eh bien ! c'était réellement horrible, *les
deux orbites étaient vides !...*

Stanoska recula ; un sanglot lui monta
à la gorge ; la terreur le secouait comme une
attaque de choléra. C'était bien un cadavre
qu'il avait sous les yeux... et ce cadavre
n'avait pas d'yeux, et on voyait le sang
courir dans ses veines, et il n'y avait pas
d'illusion possible, il agissait, puisqu'il venait
de quitter le pied du lit et se tenait debout
à trois pas du comte, qu'il fixait avec ses
deux trous, et ces trous étaient comme
deux abîmes, dont l'attraction était fasci-
nante, irrésistible !...

Stanoska chancelant recula encore ; il voulait parler, et des sons rauques s'échappaient de sa poitrine ; enfin il fit un effort prodigieux et râla plutôt qu'il ne dit :
— Allez-vous-en, vous me faites peur... Moi, le colonel Stanoska, j'ai peur, partez...

Rien ne bougea, la figure avait repris son effrayante immobilité. Le colonel, en reculant encore pour chercher un point d'appui, trébucha contre la table de nuit ; en se retenant, sa main rencontra les pistolets. Avec la rapidité de l'éclair, il les arma, ajusta et les tira à bout portant dans l'affreuse tête qui le terrifiait... et attendit avec une anxiété navrante que le nuage de fumée fût dissipé...

Mais c'était écrit : le spectre fit un pas en avant, souffla, et deux corps ronds et lourds frappèrent les mains du colonel, c'étaient les deux balles... le comte Stanoska tomba à la renverse sur son lit... il était mort... Cet incommensurable orgueil était éteint...

Pendant ce temps, les derniers préparatifs d'une mascarade soigneusement et discrètement préparés depuis huit jours se terminaient. On n'espérait pas effrayer le comte, mais on voulait, en le soumettant à des épreuves ridicules, le berner un peu et le punir de l'insolent étalage qu'il faisait de sa bravoure. Au moment même où les deux coups de pistolet éclatèrent, deux files de marmitons commençant un grotesque cortège tournaient l'extrémité du long corridor. Les deux détonations rompirent l'ordre et tout le monde se précipita. Les premiers qui pénétrèrent dans la chambre virent un homme penché sur la figure du colonel ; cet homme se retourna immédiatement et quelques propriétaires des environs reconnurent le docteur Geringel. On le questionna, il répondit qu'il était aussi ignorant que personne au monde ; qu'il venait d'arriver au château par la petite porte du parc dont il avait une clef, et qu'en parcourant le corridor pour gagner son logement, il avait entendu comme tout le monde deux coups de feu, qu'il était entré dans la chambre, et qu'il avait à peine eu le temps de constater ce que chacun pouvait voir : c'est que la personne étendue sur le lit était morte... de la rupture d'un anévrisme, pensait-il...

Le docteur fut subitement interrompu ; Plogojowitz, arrivé un des premiers, et occupé jusque-là à visiter le corps de son maître, venait de pousser un cri, et montrait avec des yeux hagards, une déchirure placée sur le cou et de laquelle perlait une goutte de sang... Tout-à-coup il sauta sur le docteur et cherchait à l'étrangler en prononçant des mots incohérents, parmi lesquels on distinguait celui de *Broucolaque*, fréquemment répété.

On eut beaucoup de peine à délivrer le pauvre médecin des atteintes de ce fou qu'il fallut emmener et garder à vue ; il avait le

délire et les premiers symptômes d'une
maladie grave qui devait le retenir deux
mois au château.

La journée qui suivit cette 'nuit tragique
fut une journée de deuil. Nous renonçons
à peindre la douleur de la princesse, elle
eut peu d'apparence à l'extérieur, mais à
partir de ce jour elle était frappée au cœur
et devait s'éteindre peu de temps après d'une
maladie de langueur. Les évènements vont
marcher vite maintenant : la princesse avait
voulu voir le docteur Geringel : c'était un
jeune médecin, paraissant âgé d'une tren-
taine d'années, autant que pouvait le laisser
voir sa physionomie cachée par une abon-
dante barbe noire et de vastes lunettes bleues
entourées de taffetas vert. Il avait la vue très-
faible, disait-il ; il était fixé depuis une année
à peu près dans le district de Ruska, et à
part les paysans il avait peu de clients. Cela
venait de sa méthode de traitement ; il pré-
tendait que la saignée était un spécifique

unique, et que tous nos maux n'avaient
d'autre cause que l'abondance du sang.
Peut-être avait-il une grande science médicale,
mais la pratique ne justifiait pas ses théories,
il sauvait peu de malades. Ses efforts multipliés pour essayer de ranimer la vie éteinte
chez le colonel lui avaient acquise toute la
reconnaissance de sa veuve, et lui-même, en
lui donnant des conseils sur sa santé, visiblement altérée, s'attacha tellement à elle,
que lorsqu'elle quitta le château de Ruska
pour revenir à Paris, il ne voulut pas la
laisser partir seule, prétendant que la
présence d'un médecin était d'une absolue
nécessité auprès d'elle. La princesse eut un
sourire étrange, et consentit, avec une
facilité qui surprit tous ceux qui la connaissaient, à se laisser accompagner.

Plogojowitz, étendu dans son lit, ne put
effectuer son retour, et resta au château
jusqu'à ce qu'il pût supporter les fatigues
de la route.

Le retour à l'hôtel de Trébizonde fut triste :
Lucie se cloîtra dans ses appartements et parut
avoir renoncé au monde, car elle condamna sa
porte et refusa de recevoir comme les années
précédentes. Deux hommes cependant la visi-
taient assidûment, le docteur et le poëte
Lazare, le seul de ses anciens amis qu'il n'y
avait pas eu moyen d'éviter ; mais elle le
traitait comme un enfant, et sa présence
n'interrompait point sa pensée fixée inva-
riablement sur un souvenir.

Le poëte et le docteur ne s'aimaient pas ; ce dernier paraissait contrarié de la présence de Lazare et avait essayé plusieurs fois de l'éliminer en prétextant l'état alarmant de la maîtresse du logis, qui pourrait être aggravé par la moindre émotion.

Il était visible que la princesse se mourait ; son esprit prenait de jour en jour une teinte plus mélancolique ; son énergie paraissait brisée, et, avec une insouciance qui, attendu son intelligence, pouvait passer pour un projet de suicide, elle consentait à suivre le traitement du docteur et se laissait régulièrement saigner trois fois par semaine.

Lazare lui adressa en pleurant quelques représentations à ce sujet ; mais elle lui répondit, avec ce mélancolique sourire qu'elle avait depuis peu, qu'il n'entendait rien à la médecine.

Cinq semaines après son retour, elle prit le lit : elle ne devait plus en sortir. Le samedi suivant, Lazare, en arrivant le soir, trouva

les domestiques en larmes dans le vestibule ;
madame était à toute extrémité ; le docteur
était auprès d'elle. Lazare monta précipitamment le grand escalier et pénétra dans les
appartements. Ils n'étaient point éclairés, et
le poëte, craignant de faire le moindre bruit,
se dirigea, sur la pointe du pied, vers la
luxueuse chambre à coucher, qui allait bientôt
devenir la chambre mortuaire. La porte était
entre-bâillée. Lazare n'osait point entrer ; il
craignait de trouver la princesse morte, mais,
placé dans l'ombre, il voyait parfaitement tout
ce qui se passait dans le fond de la pièce.

La princesse était étendue dans son lit, éva-
nouie, mais un imperceptible mouvement de
sa poitrine indiquait qu'un souffle de vie existait encore. Le docteur était trois pas plus loin
placé, devant une glace. Lazare s'approcha un
peu et vit une étrange chose... Le docteur
coupait sa barbe avec des ciseaux et s'épilait
avec un soin extrême. Cela fait, il ôta ses
lunettes, et l'affreuse physionomie qui se re-

fleta dans la glace, parfaitement en face de
Lazare, le terrifia ; il avait déjà vu cet homme,
mais il ne pouvait rappeler ses souvenirs. Il
n'était pas très-brave, le poëte ; sa nature n'o-
béissait pas à sa volonté : aussi ne put-il faire
un mouvement, pousser un cri, il ne put que
regarder avec une angoisse extrême, et voici
ce qu'il vit :

La toilette du docteur terminée, il s'approcha du lit, fit respirer à la princesse un flacon
qui la fit revenir insensiblement, et se plaça
de façon qu'elle le pût voir lorsqu'elle aurait
entièrement repris connaissance. Ce moment
ne tarda pas, la mourante dirigea un regard
d'abord vague sur le docteur, puis ce regard
se fixa, prit une expression d'épouvante qui
ne peut se rendre, et, agitant ses deux mains
devant sa belle tête, elle s'écria avec un sentiment de terreur indicible : — Michel Krauft !..

A partir de ce moment, la mémoire de
Lazare devint infidèle ; un voile descendit et
troubla sa vue, ses jambes fléchirent ; il lui

sembla bien que le docteur se penchait sur le cou de la princesse et paraissait savourer un long baiser, mais il ne se rappelait rien de bien précis à cet égard; il paraît qu'il perdit connaissance. Quand il se réveilla le lendemain, le dimanche, il était étendu sur un canapé, et Plogojowitz, qui venait d'arriver, était assis à l'autre extrémité du vaste salon, la tête dans ses deux mains et tout le corps affaissé dans un accablement profond.

Lazare lui conta ce qu'il avait vu la veille.

— Je le sais, répondit-il d'une voix sourde, j'ai vu la morsure, elle est pareille à celle du colonel... je suis arrivé trop tard !...

La désolation de ces deux hommes était si grande qu'ils oublièrent les lettres de faire part.

Quant au docteur Geringel, on n'en entendit jamais parler.

— Maintenant, dit sir John, si vous étiez curieux de savoir pourquoi Plogojowitz ne voulut point suivre ses maîtres et demeura quinze jours à Tchernetz, je pourrais vous le dire.

— Dites.

— Eh bien ! il n'était pas esprit fort, de plus il était Hongrois, natif du district de Risilowa, et il voulait s'assurer d'une chose, qu'il parvint à savoir avec des peines infinies, et dont la constatation fit blanchir ses cheveux en une nuit...

— Et quelle était cette chose ?

— Eh bien ! c'est que malgré l'enterrement de l'étudiant moldave, bien et dûment opéré aux yeux de tous, quand le quatorzième jour il put enfin faire pratiquer l'exhumation, les fossoyeurs n'eurent pas de peine à soulever le cercueil, il était vide.

LE *DE PROFUNDIS*

DE

CÉSAR CAPPARA

LE *DE PROFUNDIS*

DE

CÉSAR CAPPARA

Ce soir-là, le lunatique sir John rêvait à pleine imagination.

Sous l'influence absorbante de l'idée fixe, sa pensée s'égarait dans ce troisième monde que les kabbalistes appellent le *monde divin*. Toute la soirée, il avait étudié les ARCANES CÉLESTES, et autant sa cervelle avait

puisé de surexcitation dans ce ténébreux travail, autant son appareil nerveux s'était
contracté.

Toute sa forme extérieure semblait agitée
de mouvements spasmodiques. Il se trémous-
sait sur son siége comme un convulsionnaire
sur le tombeau du diacre Pâris. Ses yeux ne
s'arrêtaient sur rien.

Il regardait en dedans, et manifestait cet
état général par des paroles tout-à-fait en
dehors de ce qui doit se dire parmi des personnes raisonnables, qui causent honnête-
ment, en prenant leurs sujets dans l'ordre des
idées acceptées.

Poursuivi par ce besoin de faire participer
son semblable à ses idées sur l'intervention de lois inconnues dans les affaires du
monde visible, il sauta tout-à-coup sur une
petite cassette, l'ouvrit, en tira un morceau
de papier qu'il déploya avec beaucoup de
précaution et le plaça tout ouvert sous le
nez de son interlocuteur : — Voyez-vous ce

que c'est que cela ? dit-il en arrondissant ses yeux comme ceux d'un chat.

— Très-bien ! c'est une petite corde roulée en rond.

— C'est une corde de violon...

— Eh bien ! ensuite ? répliqua l'interlocuteur.

— C'est la chanterelle du violon de César Cap...

Ici la chanterelle tomba à terre en se déroulant. Sir John fit un brusque mouvement, se baissa pour la ramasser et tira par un bout sans s'apercevoir que l'autre était engagé sous son pied. Or, il en résulta ceci : c'est qu'arrivée à son point de tension, la corde échappa du côté de son extrémité inférieure, se replia vivement, et vint avec un petit bruit cingler la figure de sir John, mais avec une telle précision, qu'elle lui ouvrit la joue par une déchirure dont les bords étaient assez notablement échancrés pour laisser perler quelques gouttes de sang !

— Cela ne m'étonne pas, dit flegmatiquement sir John en haussant les épaules, je suis même surpris de n'avoir pas été plus sévèrement châtié... Enfin... laissons ma joue... Je vous disais donc que cette petite corde était la chanterelle du violon de César Cappara. Et toute votre prétentieuse raison dût-elle se révolter, sachez que par un de ces moyens en apparence fantastiques dont se sert souvent la puissance destructive dans sa haine implacable contre la vie, ce violon, actuellement disparu, a tué non-seulement Cappara, mais encore un de nos plus grands instrumentistes, un des plus illustres.

Sir John fit une pause, réfléchit profondément, puis il reprit : — Je vais vous conter comment Cappara, d'abord, a été positivement assassiné par un violon... et ensuite je vous dirai le sort de l'autre.

Lorsqu'on traverse la Bohême, en partant de Lintz par la grand'route de Prague, on côtoie bientôt les premiers sommets de la chaîne moldavienne. A une journée de marche environ, la grand'route est coupée à angle droit par un chemin à peine indiqué, qui s'enfonce dans les gorges les plus sauvages de la montagne et aboutit, en traversant de fatigants passages, à la petite ville de Moldaw.

Qui connaît Moldaw!... Connaissez-vous Moldaw?... Très-peu de voyageurs connaissent cette cité, une des plus antiques de la Bohême. Cependant les amateurs maniaques

d'un certain réalisme trouveraient ample-
ment là de quoi satisfaire l'excentricité de
leurs goûts artistiques. A Moldaw, les maisons noires et sanieuses tombent les unes
sur les autres et laissent saillir dans le
désordre le plus inextricable des formes
anguleuses , pittoresquement éventrées ,
curieusement déchiquetées par le capricieux
travail de la destruction.

Les plus anciens du pays ne se rappellent
point avoir vu faire de réparations à ces
habitations délabrées ; leurs vieilles poutres
effritées, spongieuses, gonflées par une
humidité persistante, semblent avoir suinté
par tous les pores une sorte de résidu
pâteux, infect, de la nature de cette cristal-
lisation immonde qui se forme sur les pipes
de terre longtemps fumées.

En se solidifiant, cette matière adipeuse
s'étale par larges plaques le long des façades,
et paraît ronger cette hideuse agglomé-
ration de ruelles bourbeuses par une gigan-

tesque lèpre. Les rayons lumineux qui
peuvent glisser entre les pignons rapprochés,
brisés à l'infini par d'incalculables aspérités
anguleuses, éclairent de reflets bitumineux
et violacés l'atmosphère épaisse qui
s'exhale de cette cité, véritable laboratoire
d'épidémie.

Quelle abominable ville !... mais combien
plus abominables encore sont les habitants !

Il y a des nations condamnées ; la nature,
dans son œuvre immuable de perfectionnement, reprend une race lorsqu'elle manque
de matériaux dans son éternel travail de
reproduction. Ceci est la loi matérielle, mais
il y a la loi divine, la loi de ce qui est bon
et beau, la recherche du résultat complet ;
celle-ci ne permet pas aux forces obéissantes
de récolter çà et là, au hasard, suivant
les nécessités de la transmutation. Tant
qu'une nation contribue au mystérieux
travail, elle demeure puissante. Devient-elle
nuisible, elle est frappée de décadence, et

pour la transformer, un des agents les plus
terribles qu'emploie la nature, c'est le retrait
absolu de la force de cohésion. La dispersion
est arrivée... Ce travail est lent, mais il
est sûr ! Les éléments vivants qui formaient
un peuple se trouvent repoussés de leur
centre par une puissance inconnue. Ils se
séparent et errent par le monde sans éprouver d'affinité pour les types des diverses
zones humaines. Bientôt en haine aux autres
peuples, ils ne conservent de leur homo-
généité primitive qu'une sorte d'orgueil qui
ne leur permet point de se mélanger aux
différentes races. Les groupes se disséminent
encore, l'isolement amène l'abâtardissement
de la race ; de l'ancien résultat intellectuel,
produit de toutes les forces agissantes qui
composaient une nation, il ne reste plus
qu'une tradition viciée, corrompue, et quand
chaque individualité a perdu entièrement le
sens moral, elle disparaît.

Moldaw renfermait un groupe d'êtres dont

les historiens rechercheraient en vain l'origine. Plus déshérités que les juifs, ils n'ont même pas conservé de nom et prennent celui qu'on leur donne sur les divers points du globe. Pharaons en Bohême, ils sembleraient descendre d'une des premières civilisations connues. En Angleterre on les appelle également Egyptiens, mais en Allemagne ce sont des Ziganes, des Gitanos en Espagne, en Italie des Zingari ; partout, et surtout à Moldaw, ce sont des créatures repoussantes et dangereuses....

Adonnée aux plus infernales procédés de la gueuserie et des étranges pratiques que l'on réunit sous la dénomination de *magie*, cette race maudite quittait la ville à certaines époques, s'éparpillait par l'Europe, volait les enfants, maraudait quantité de dépouilles, et revenait ensuite s'entasser dans sa monstrueuse ville, où elle aurait fini par pulluler sans le terrible incident qui prendra sa place dans la suite de ce récit.

L'habitation la plus supportable du quartier allemand était celle du bourgmestre Mathæus. On connaît la gravité des magistrats ; celui de Moldaw était plus que grave, il était funèbre... Il est difficile d'estimer la somme de respect que pouvaient avoir pour lui ses administrés, mais à coup sûr sa tenue extérieure ne répondait pas à la dignité de ses fonctions.

Le bourgmestre Mathæus devait avoir un mépris absolu pour la représentation. Son costume invariable était d'une simplicité telle, qu'il faut une expression vulgaire pour le caractériser : il faut dire qu'il était *en manches de chemises*, mais une bonne et solide chemise de grosse toile dont on aurait pu compter les fils.

Il est encore vrai d'ajouter que cette chemise était en partie cachée par un ample pantalon de gros drap bleu, montant en forme de sac jusqu'au milieu de la poitrine et retenu par de larges bretelles qui croisaient comme des buffleteries. Elle était fermée en haut par un col de crins noirs, fort élevé, bâillant largement sur la poitrine et sous le menton. Une casquette ronde et plate, de même drap que le pantalon, terminait l'édifice.

Ainsi accoutré, le vieux Mathæus aurait pu sembler comique, sans la physionomie particulièrement mélancolique de toute sa personne. Avec ses yeux ternes, sa longue figure pâle dont les joues retombaient en plis creusant des rides profondes, ce pauvre homme ne prêtait pas à rire.

D'une très-haute taille, sa poitrine creuse

et maigre semblait flotter dans la vaste ceinture de son pantalon. L'âge n'avait pu le
courber, mais les muscles de ses épaules,
probablement ossifiés, avaient .fait voûter
toute cette partie du dos qui s'attache à la
nuque, de façon que sa tête, repoussée par
une forte charpente osseuse, portait en avant
à la manière de ces grands oiseaux échas-
siers dont le bec est incliné vers la terre.

C'était un vieillard fort doux, d'apparence
résignée, et dont la principale occupation
consistait à marcher à pas comptés d'un
angle à l'autre de sa chambre. Parfois il
s'arrêtait devant la lucarne, s'établissait solidement sur ses grands pieds plats, logeait
son menton dans la gouttière supérieure de
son col de crins, et regardait attentivement
dans la direction du cimetière.

Ce qu'il voyait, lui seul probablement
pouvait le voir, car entre le champ des dernières demeures et la maison de Mathæus il
n'y avait de visible de ce côté que les ruines

d'un quartier détruit peu d'années auparavant par un incendie; et cependant il passait
jour et nuit, des heures entières dans la
même attitude, regardant un point inconnu
et avec une fixité rigoureuse.

Un soir, un évènement imprévu vint brusquement déranger la régularité monotone
de ses habitudes. On vint lui annoncer qu'un
individu étranger à la localité demandait à
lui parler. Presque aussitôt le visiteur en-
trait. Le hasard aime autant à réunir les si-
militudes que les contraires ; le nouveau
venu en était une preuve. On aurait cru à
une seconde édition de Mathæus, mais une
édition plus jeune ; seulement... le sentiment d'affectueuse pitié qu'inspirait l'as-

pect du vieillard se transformait en répulsion pour l'étranger. Il était très-grand,
très-maigre ; sa peau terreuse, rude et sèche,
se marbrait de tons froids ; des yeux obscurs,
un long nez, un long cou agité par une
pomme d'Adam développée et d'une grande
mobilité ; des bras de singe terminés par
des mains démesurées dont les doigts s'allongeaient indéfiniment en longues phalanges
fortement nouées.

Il resta debout, et ces deux personnages,
plantés silencieusement vis-à-vis l'un de
l'autre, ressemblaient à deux hérons prêts à
se disputer un poisson.

Enfin l'étranger s'inclina le moins anguleusement qu'il lui fut possible et demanda
l'inestimable permission de visiter les
archives de Moldaw.

— Visiter les archives ! répéta le vieillard
avec l'expression du plus vif étonnement...
singulière curiosité !... mais je n'ai pas
d'archives. Il y a ici, comme dans toute

ville, quelques vieilles chartes, mais j'ignore absolument où tout cela peut être.

— Ce sont ces papiers que je veux visiter.

— J'aurai beaucoup de peine à vous satisfaire, monsieur, je vous le répète, tout cela est dispersé... mais si vous pouviez me renseigner sur ce que vous désirez voir, peut-être pourrai-je réussir à vous êtes agréable.

L'étranger était glacial.—Je suis musicien, dit-il ; je collectionne tous les morceaux de violon qui ont rapport à la musique religieuse. Vous possédez une œuvre d'un rare prix, un trésor dont moi seul connais l'existence : Le *De Profundis du maestro César Cappara*... je veux le voir...

— Jamais, rugit Mathæus, qui au mot de musique avait paru péniblement inquiet, et qui depuis l'énoncé du titre était sous l'influence d'une agitation furieuse.

— Jamais ?

— Jamais... tant que je vivrai, cet épouvantable parchemin ne sortira d'où il est.

— Je le veux ! répliqua métalliquement le déplaisant inconnu ; abandonnez ce mauvais vouloir d'autorité provinciale. Je suis muni des recommandations les plus puissantes, et au besoin d'un ordre de la Cour de Vienne... Le voici... Remettez-moi ce que je vous demande.

L'impulsion d'énergie fournie par Mathæus était déjà éteinte. Anéanti maintenant, appuyé dans un angle de la salle, il fléchissait et sanglotait en haletant. Enfin, instinctivement affaissé dans une humble attitude, il murmura des paroles suppliantes :

— Pardon... excusez un pauvre homme... Vous ignorez en effet... Vous ne pouvez savoir quel souvenir vous évoquez...

Mathæus se redressa subitement et prit une attitude solennelle.

— Au nom de Dieu ! renoncez à votre mission. Savez-vous ce que c'est que le *De*

Profundis de Cappara ?... Eh bien ! ajouta-t-il en faisant un violent effort pour prononcer, eh bien ! c'est...

Il se pencha vers l'oreille de l'homme maigre et dit un mot.

— Allons donc ! exclama l'inconnu révolté et en haussant les épaules, vous êtes fou !

On connaît la férocité des collectionneurs. De plus, à certains signes qui trompent rarement dans la forme extérieure, celui-ci devait être avare, aussi fut-il implacable.

— Allons, allons, voyons, seigneur bourgmestre, dépêchons, je suis attendu à Trieste, voyons... ce parchemin !

Tout était fini pour Mathæus, il n'avait plus de volonté, plus de force pour la lutte. Réduit à l'impuissance intellectuelle la plus absolue par la douloureuse épreuve qu'on lui faisait subir, il obéit comme un animal domestique.

Soutenu par le fâcheux homme maigre, il mit un temps considérable à se traîner en

flageolant vers la pièce la plus reculée de
son habitation. Arrivé là, il tendit une clef,
montra une porte, et glissa à terre en râlant
quelques mots à peine distincts indiquant
une cachette.

L'étranger prit la lanterne, pénétra dans
une pièce saturée d'un air corrompu, dérangea un lit défait dont les draps étaient
couverts d'une poussière en grande partie
coagulée sur de larges taches indéfinissa-
bles, souleva une solive de plancher, et
trouva dans un coffre les morceaux mutilés
d'un grand violon, gisant sur un parchemin
noirci par des notes de musique à moitié
effacées.

C'était le précieux rouleau ; il le prit, et
découvrit en remuant les débris une corde
qui lui parut être la chanterelle de l'instrument. Il voulut l'emporter, mais en tirant
assez violemment à lui pour la dégager, la
corde pénétra dans les chairs et coupa le
doigt jusqu'à l'os.

Quand il repassa dans le couloir, il heurta le corps du vieux Mathæus étendu la face contre terre, fit quelques tentatives inutiles pour le rappeler à la vie, et partit sans manifester aucune émotion visible au sujet de cet incident.

Le vieux bourgmestre était mort, bien mort, et cette conclusion rapide de son existence n'était qu'une conséquence naturelle, attendue, pour quiconque aurait pu savoir ce qui va suivre.

La singulière visite qui avait eu pour résultat de foudroyer le vieillard avait abrégé de bien peu le temps qui lui restait à vivre. Concentré sur un souvenir épouvantable, l'esprit du pauvre homme se détachait trop du corps et tendait à la moindre

secousse à briser les faibles liens qui l'em-
prisonnaient dans une enveloppe vigoureuse
jadis, mais épuisée pendant la dernière
période, rongée par une pensée absorbante,
par l'incessant travail d'une indescriptible
souffrance morale.

Peu d'années avaient suffi pour cela. Mais
autant le bourgmestre était-il d'une apparence spectrale au moment de rendre son
âme, autant, cinq ans auparavant, sa cons-
titution était-elle forte, sa vivacité juvénile,
lorsqu'il faisait décorer son habitation pour
l'arrivée de son neveu César Cappara, fils
de Otto Cappara, gentilhomme florentin.

Ce jour-là la modeste demeure, gaîment
transformée par d'ingénieuses ornementations
de fleurs et de feuillages, suivant le goût
allemand, avait un réjouissant air de fête.
Il s'agissait pour Mathæus de la consécra-
tion d'un important évènement. Tendre-
ment uni à sa sœur par une longue et inaltérable affection, des projets d'union avaient

toujours été formés entre les deux familles, et pour les réaliser, le jeune Cappara venait d'arriver pour la célébration de ses fiançailles avec sa cousine Gertrude.

Il devait habiter Moldaw jusqu'à l'époque de son mariage, puis, une fois les cérémonies terminées, les deux familles comptaient se réunir en Italie, pour y passer, dans la paix d'une inaltérable félicité, de longues années exemptes de l'imprévu.

En attendant la réalisation de ces projets assez sagement formés, il faut en convenir, on dansait chez le bourgmestre. Quand l'avenir est aussi doctement et prudemment prévu, pourquoi s'inquiéter du présent ?... Personne dans cette maison ne songeait à faire la part de cette série de circonstances mauvaises que l'on réunit vulgairement dans le seul mot de *fatalité*. Il n'y avait plus qu'à abréger par des réjouissances le temps qui devait s'écouler entre cette journée et celle plus solennelle lu mariage.

Le bonheur était décidément dans cette réunion, il prenait un corps, il se matérialisait et présentait aux regards des curieux faciles à contenter ses illusions les plus charmantes... Mais on ne voyait qu'une des surfaces, il y avait un revers... C'est cet autre côté sur lequel la vie est gravée avec sa physionomie sinistre qu'allaient bientôt avoir à considérer les hôtes joyeux... trop joyeux... de Mathæus.

On dansait toujours. Un soleil resplendissant éclairait chaudement toute cette gaîté. Les robes des danseuses miroitaient sous les reflets d'une lumière ruisselante, leurs lèvres laissaient échapper de petits cris joyeux.

Les corsets craquaient sous la palpitation puissante des poitrines qui aspiraient l'air à pleins poumons. De petites épaules rondes pointaient hors des robes blanches, se doraient au soleil de ces tons chauds qui annoncent la santé et baignaient sous un réseau de gouttelettes brillantes de tous les feux prismatiques, comme des colliers de perles non cristallisées.

La vie se manifestait sous cette ardente température avec une exhubérance trop généreuse... Parvenue à ce point de surexcitation, elle avait atteint l'apogée de sa puissance et ne pouvait plus que se fatiguer et décroître ! Aussi la société réunie chez Mathæus offrait-elle cette prédisposition matérielle fâcheuse qui livre l'organisme aux tentatives des agents de la *transformation*.

Ils étaient nombreux. Depuis quelque temps déjà, une température tropicale calcinait la ville de Moldaw. Une croûte spongieuse, accumulation hideuse de détritus et d'immondices qui la cuirassaient d'une couverture infecte, vaporisait à ciel découvert et laissait échapper de menaçantes bouffées d'air d'une saveur fétide qui se promenaient dans l'atmosphère...

Mais on était si heureux chez le bourgmestre, que le brave homme s'épanouissait dans la digestion de son bonheur, et ne songeait nullement aux mesures d'hygiène publique qu'il aurait fallu prendre pendant un été aussi exceptionnel.

Et comme rien n'est indifférent, cet oubli devait avoir ses conséquences. En attendant, les danses furent interrompues, et, suivant la coutume, les portes furent ouvertes toutes grandes, afin que chacun pût entrer complimenter les jeunes fiancés.

———

Deux créatures dangereuses, une jeune et une vieille, la fille et la mère, étaient parvenues à se glisser parmi la foule, et lançaient des regards farouches sur tous ceux qui paraissaient bien portants.

Ces deux pernicieuses femelles étaient classées dans la ville parmi la grande famille des Bohémiens dont elles habitaient le quartier. Mais celui qui aurait pu soulever le linceul qui recouvre les origines réelles aurait reconnu dans ces deux femmes deux types appartenant à ce que l'on pourrait appeler les *corps simples* de l'espèce humaine. Dans leurs veines coulait un sang qui n'avait jamais été mêlé, elles descendaient sans croisement de la postérité de Caïn, le premier meurtrier, le premier ennemi de la vie.

Cette race détournée, dès son apparition, par le mauvais principe, comprend tous les êtres organisés avec les penchants tristes et féroces. Il lui faut pour devenir forte l'habitation des lieux humides, malsains, et l'aspiration des mauvaises odeurs. Elle aime les temps noirs, la nuit, la pluie, les quartiers sales, la crasse : tout ce qui est laid, méchant et désespérant, l'attire par une horrible sympathie. On pourrait croire qu'il existe une affinité bien constatée dans l'ordre de la nature entre ces organisations et les bêtes féroces, venimeuses, les mancenilliers, les champignons vénéneux et les minéraux empoisonnés.

Le contraire peut être aussi nettement observé : les esprits qui sont entrés dans la
voie du perfectionnement, ceux qui ont acquis, par la méditation, le sentiment de la
bonté et la perception du beau, ceux-là cherchent le soleil, la pureté dans la forme, les
fleurs ; leur pensée repose confiante sur ce
consolant espoir, cette intuition de l'immor-
talité de la lumière.

Ces deux races sont antipathiques, mais
tout le venin distillé par la première s'a-
masse dans un unique but, celui de ternir
l'esprit et de détruire le corps de la seconde...

Elles se tenaient toutes les deux dans le
coin le plus sombre de la vaste salle, et
formaient un groupe curieux, drapé dans
de pittoresques haillons dont on aurait en
vain cherché les étoffes dans l'industrie
moderne.

La vieille n'était pas laide, suivant certaines conventions sur la difformité des

traits ; cependant leur régularité était altérée par des prédominances spéciales. Leur
caractère le plus particulier, celui qui appelait l'attention, était une expression rigoureuse de sévérité, accentuée par des lignes dont les divers plans donnaient à l'ensemble de cette figure la physionomie de
la haine et du dédain le plus superbe. Ajou-
tons à cela le travail du temps, qui d'année
en année avait dessiné en relief les côtés
saillants de ce visage, en en desséchant les
parties rondes.

La jeune fille, à peine adolescente, avait
une apparence sauvage. Elle roulait deux
immenses yeux noirs toujours étonnés, et
qui paraissaient éclairer une carnation d'un
ton de bronze clair. On voyait fort peu sa
figure, ensevelie sous un épais fouillis de
cheveux aux reflets bleuâtres.

— Tiens ! la vieille Saady, s'écria une jeune
fille, il faut qu'elle nous dise notre bonne
aventure !

La vieille entourée aussitôt se contracta comme si on l'avait piquée ; elle rechigna, agita désagréablement ses épaules en enflant les muscles de son cou, et après avoir marmotté quelques phrases indistinctes qu'il aurait fallu beaucoup de bonne volonté pour accepter comme des bénédictions, elle grommela les paroles suivantes :

— La bonne aventure, la bonne aventure... et pourquoi pas la mauvaise ? Qu'y a-t-il donc de si extraordinaire dans vos personnes, pour que la destinée vous réserve ses meilleures chances ? Vraiment, vraiment, cela est curieux !... Des petites filles qui, parce qu'elles ont la peau blanche et épaisse, les pieds larges et le cerveau vide, s'imaginent que leur avenir est une préoccupation intéressante pour le grand architecte des mondes ! Par Hermès, cela est curieux, La peau blanche... la craie aussi est blanche !.,. Le blanc repousse la lumière, les couleurs sombres l'absorbent ; moi, je suis

basanée !... La terre s'arrêterait vraiment,
si vos prétentieux désirs se trouvaient con-
trariés... Une jolie étude de bonne aventure
que vos crânes aplatis et vos mains soli-
des ! Cela mérite l'évocation des esprits...
Comment donc !... dansez, jeunesse, dansez...
et surtout, prenez garde aux refroidissements !

Les jeunesses furieuses s'en allèrent gla-
pir aux oreilles de Mathæus, avec des notes
tellement criardes, que le bourgmestre crut
devoir agir et déployer quelque dignité. Ce
ne fut pas, bien entendu, à la légère qu'il
prit cette décision, mais bien après avoir
confortablement médité sur la chose, qui
lui parut grave et attentatoire au respect
que l'on devait à sa maison.

Il s'avançait donc solennellement, lorsque
Cappara, que cette scène avait amusé, et
qui avait été le seul à remarquer le côté artistique des deux sorcières, fit un signe à
son oncle et se dirigea à son tour vers l'angle obscur.

— Et à moi, dit-il à Saady, veux-tu me dire ma bonne aventure ?

— Toi, répliqua la vieille en le regardant fixement, oui... approche.

Le cercle se reforma, mais les jeunes filles n'étaient plus jolies. Leur coup d'œil était malveillant. Une moue déplaisante épaississait les contours de leurs bouches. Les petites épaules n'étaient plus rondes, elles s'aplatissaient sur de longs bras ballants, maintenus perpendiculairement par de grosses mains rouges.

La vieille, après avoir observé Cappara, comme un savant à qui l'on soumet un objet précieux pour l'histoire naturelle, prit ses deux mains, les palpa longuement sur tous leurs plans, et parut étudier attentivement les lignes qui se creusaient sur leurs paumes.

Elle devint fort sérieuse et manifesta une grande surprise de rencontrer une solution toute différente de celle qu'elle comptait trouver dans le problème cherché.

10

— Tu n'es pas des nôtres, dit-elle, et cependant, c'est singulier... il y a entre toi et
ceux qui savent lire dans la grande science
magique un rapport que je ne m'explique
pas ; il y a dans ta destinée une possibilité
de *soumission* aux puissances occultes... tu
peux leur être livré... Saches que le monde
visible est une apparence qui cache l'*invi-
sible*... prends garde aux mauvais esprits de
ce dernier... ton devoir est grand, songes-y,
il te sera beaucoup demandé parce qu'il
l'est donné beaucoup... Prends garde, Cappara, prends garde !

— Tu es bien obscure, vieille Saady, répliqua le jeune homme en riant, mais, si
par ton intercession l'aimable population
du monde dont tu parles, les *puissances* occultes, comme tu les appelles, voulaient hâter le commencement des hostilités, je serais fort curieux de savoir ce qu'elles fe-
raient de ton très-rassuré serviteur, le maestro César Cappara. Ce sont mes amis de

Florence qui m'ont donné ce titre, pure flat-
terie ! parce que je joue assez passablement
du violon... Eh ! bien... je les ferai danser.

Saady se redressa :

— Tais toi ! fou orgueilleux, et ne souhaite
pas de parcourir d'un pas trop rapide la
distance qui te sépare des horizons loin-
tains. Tu es déjà dans la mauvaise voie, la
plus courte... Garde-toi, tu es averti !

— Avertis donc aussi ta fille, qui paraît
avoir envie de bondir sur moi comme une
panthère. Est-ce que tu voudrais me dévorer
avec tes yeux, mon enfant... et Gertrude ?

Miriam, à cette observation, tressaillit,
mais les plaisanteries du Florentin ne purent la détourner de l'admiration bien évi-
dente qu'il lui inspirait.

Un homme habile à discuter sur les causes des effets, et à leur donner la véritable
signification qui convient à l'infaillibilité
des corps savants, aurait déclaré sans hé-
sitation qu'elle devait se trouver soumise

aux phénomènes parfaitement expliqués de
l'*hypnotisme*.

On ne pouvait expliquer autrement d'une
façon sage et docte l'espèce de fascination
exercée par Cappara sur cette adolescente.
La pauvre enfant ne s'en doutait guère, et
c'est avec une franche curiosité, une expression de naïveté charmante, qu'elle avait re-
poussé les ondes de sa chevelure sur ses
tempes, pour fixer avidement Cappara. C'é-
tait bien certainement le premier homme
qu'elle voyait digne de ce nom, et elle le
regardait comme Ève dut regarder Adam, la
première fois qu'elle l'aperçut dans l'Eden
de la Genèse.

En ce moment la robuste Gertrude opéra
une diversion, en repoussant sans façon son
cousin, pour allonger sa main devant la
bohémienne :

— A mon tour, dit-elle, à mon tour !

— Ah ! oui, c'est cela, grommela la vieille
Saady, à ton tour... La matière après l'es-

prit... de la chair, rien que de la chair... Il faut que la terre ait bien besoin d'engrais pour en avoir tant placé sur tes os... Et que veux-tu que je voie dans ta main, jeune fille ? Elle est tellement épaisse et boursou-flée de graisse, qu'on n'y distingue pas une seule ligne...

A cette sortie, l'indignation crispa vio-lemment les nerfs de toutes les personnes qui composaient la société. L'honnête Ger-trude, scandalisée, exprimait son courroux par un déluge de phrases qui annonçait qu'au besoin elle pouvait sortir de son apa-thie ordinaire pour déployer quelque éner-gie.

Cappara fit échapper les deux malheu-reuses au moment même où le bourgmes-tre, galvanisé par la colère, s'avançait hos-tilement, pour secouer d'importance ces deux gueuses jusqu'à la porte.

— Manquer à ce point de respect à ma maison, s'écria-t-il, et un pareil jour !

Puis il alla consoler Gertrude qui, assise dans un coin, les deux mains croisées sur ses genoux, hochait la tête et secouait le pied droit pour donner, par une pantomime expressive, satisfaction aux derniers signes de son mécontentement ; le père leva les bras en l'air et tapa fortement ses mains l'une contre l'autre ; la fille lui lança, en pinçant les lèvres et en enflant les joues, quelques regards éloquents ! Cappara, lui, fit un signe au musicien, et les danses recommencèrent avec frénésie.

Suivant l'ordre conventionnel des choses,
les jours qui suivirent cette mémorable cérémonie des fiançailles devaient être tissés
d'or et de soie pour nos deux jeunes gens.
César faisait sa cour, c'est-à-dire faisait briller toutes les facettes scintillantes de son
esprit pour éblouir, magnétiser, charmer,
en gracieux courtisan, cette reine de beauté
germanique qui allait bientôt perdre en
Italie son tudesque nom de Gertrude Mathæus, pour s'entendre euphoniquement
appeler la signora Cappara !

En attendant, la future signora tricotait des bas, et toutes les fascinantes tournures amoureuses de son cousin n'avaient point le pouvoir de lui faire perdre une maille.

C'était une bonne fille que Gertrude, mais la bohémienne avait raison, elle était toute en chair, et solide, et bien constituée, et la peau blanche et grénue qui enveloppait ses vastes protubérances n'était pas tellement tendue qu'il devint impossible aux jointures de ses os, d'indiquer çà et là leurs saillies, tant leur charpente était fortement établie.

Ce n'était pas une de ces mièvres et pâles jeunes filles qui apportent en dot tout un cortége de caprices romanesques et de susceptibilités nerveuses ; point, Gertrude devait vivre quatre vingt-dix ans, et entretenir sa belle santé par la mastification laborieuse de quatre repas tous les jours, et enrichir sa maison de rejetons annuels et bien constitués !

Aussi avait-elle la prétention d'être une excellente acquisition pour celui qui l'épouserait, et elle le justifiait par la surprenante et intarissable énumération de ses qualités.

Par exemple, elle était un peu effrayée lorsque son cousin lui faisait la pompeuse énumération des merveilles luxueuses qui l'attendaient dans le palais de marbre de son futur beau-père, à Florence ! Elle secouait la tête et pensait qu'il lui faudrait déployer beaucoup d'activité pour tenir tout cela propre.

Dans la maison de son père, Gertrude n'était contente que lorsque, armée d'un morceau de drap proprement enduit de cire jaune, elle était parvenue en frottant énergiquement les meubles, à les faire reluire suffisamment pour qu'ils pussent réfléchir sa propre figure, à elle Gertrude.

— Vous verrez quelle bonne femme de ménage je ferai, disait-elle à son cousin,

qui ne paraissait pas apprécier cette vertu
à sa juste valeur.

C'était une chose curieuse à observer que
les amours de ces deux natures si différentes : Cappara, modelé avec la mâle élégance
des formes de la statuaire antique, tenait
de son père toute la fougue des patriciens
de son pays, et de sa mère la suave bonté
de la douce et affectueuse Allemande, sœur
de Mathæus.

L'ardent jeune homme, reflet vivant, créature à part dans laquelle s'identifiaient les
hautes organisations intellectuelles de deux
origines pures, répandait à profusion les
richesses d'une imagination méridionale
dont l'éclat était tempéré par la rêverie
qu'inspirent les zones plus froides.

Elevé dans un entourage d'artistes et de
grands seigneurs, au milieu d'un monde
impitoyablement fermé à tout ce qui ne s'é-
levait pas au-dessus d'un certain niveau déjà
bien supérieur à la vulgarité, Cappara ne

voyait pas sa cousine, ou plutôt il n'en voyait que l'extérieur. Il ne se rendait pas compte de l'état absolument inerte du cerveau de Gertrude.

Chez elle, les forces intellectuelles lui paraissaient latentes, mais il comptait bien les faire agir et n'aurait pas compris qu'elles fussent absentes. La pauvre fille était trop en dehors, trop près de l'animalité. Jamais le Florentin ne s'était trouvé en contact avec des femmes dont les seules aspirations tendissent à boire, manger, dormir et faire une chasse acharnée au grain de poussière !

On juge ce que pouvait être l'amour, cette fleur de poésie, cette communion de deux âmes, comme disent les poëtes, entre ces deux êtres !

Gertrude avait des idées arrêtées, précises sur la façon dont un jeune homme doit *faire sa cour*, qui se trouvaient tout-à-fait bouleversées par les allures de son cousin.

Attentive à son tricot, elle l'écoutait patiemment, imperturbablement, et non pas
sans quelque mérite, car elle ne comprenait pas.

De temps à autre elle levait les yeux, regardait le large front de son fiancé avec un
intérêt mêlé de compassion, et reprenait son
tricot en secouant sa bonne tête avec une
lenteur significative.

La vérité est qu'après avoir mûrement réfléchi, elle avait tiré des conclusions qui
lui indiquaient une lourde mission à remplir ; elle trouvait Cappara bizare, hardi
et maigre, trilogie de défauts funestes dans
un bon mari ! Néanmoins Gertrude était
tranquille.

— Je le formerai, pensait-elle ; il est comme tous les jeunes gens, mais une fois marié, j'en ferai un homme d'ordre et raisonnable.

Elle était si sûre d'elle, si confiante dans
sa supériorité !

Un soir Cappara l'embrassa sur le cou !
l'effet fut prodigieux ! Il aurait mis le feu à
une pièce de canon qu'il n'en serait pas
résulté plus de trouble. Gertrude bondit,
incandescente, suffoquée, et disparut dans
la plus violente agitation, en inondant le
carrelage de ses larmes. Elle reparut bientôt aux yeux de Cappara stupéfait, escortée
de son père qui, tout en riant largement,
avait toutes les peines du monde à la calmer.
Après une trombe d'explications, il résulta
clairement que, dans l'esprit de Gertrude
indignée parce qu'elle était insultée, il
résulta qu'il était indécent d'embrasser une
jeune fille sur le cou, et que si son cousin
la méprisait déjà, que serait-ce donc quand
ils seraient mariés ?

Selon les idées de Gertrude, idées basées
sur sa connaissance parfaite des convenances, il n'était permis d'embrasser une
jeune fille que sur une joue, et encore à un
endroit déterminé. précisément au sommet

de l'angle que formeraient deux lignes, partant en même temps de l'extrémité de l'œil gauche et de la narine du même côté... Voilà où l'on peut se permettre de dérober un baiser... et non pas sur la carotide, entre l'extrémité de l'oreille et les attaches de l'épaule.

Il fallait bien peu estimer une femme pour se permettre un pareil oubli de la vraie délicatesse ! Du reste, elle commençait bien à comprendre qu'elle serait malheureuse, mais l'existence d'une femme, ajoutait-elle, n'est qu'un long sacrifice !

Un autre jour, Cappara passa toute une matinée à courir les champs pour lui cueillir des fleurs, et revint tout en nage offrir un ravissant bouquet, composé brin à brin de plantes qui, par leurs formes et leurs couleurs, formaient un ensemble dont l'appréciation exigeait un certain goût.

Sa cousine, en le recevant, fit une moue dédaigneuse :

— C'est un bouquet de petite fille que vous m'apportez, mon cousin ; les fleurs n'en sont pas rares et ne vous ont pas coûté cher !

— Ce sont des fleurs champêtres, il est vrai, de simples pâquerettes, mais voyez donc, Gertrude, comme leurs pétales sont gracieusement découpés, votre regard glisse comme une caresse sur leurs surfaces veloutées de tons doux et fins ! Voyez comme elles se dressent coquettement au-dessus de ce frais et vert tapis de petites feuilles dentelées !

— Je ne vois pas tout cela, mais je sais que toutes les filles du peuple, les bohémiennes en ont de pareilles le dimanche !

Cappara voulut en avoir le cœur net.

Dans la même journée, il découvrit chez un juif qui vendait de tout, un plantureux bouquet de roses artificielles qui s'ensevelissait moëlleusement depuis des années sous des couches de poussière. Il fit épousseter l'objet, l'orna de toutes sortes de rubans criards et considéra le résultat ! Le monstre était éclatant à donner le vertige à un troupeau de bœufs.

Le Florentin, moitié honteux, moitié triomphant, présenta son acquisition.

Cette fois, Gertrude battit des mains, et fut tellement contente, qu'après le diner, afin de commencer l'éducation de son futur mari, elle voulut absolument lui apprendre comment, en pliant sa serviette, on pouvait lui donner, à s'y méprendre, la forme d'un colimaçon !

Pauvre Cappara ! Les instants de véritable joie pour Gertrude, par exemple, étaient les rares moments où son cousin prenait son violon. Gertrude ne pouvait se contenir, un léger tremblement agitait d'abord ses pieds, puis il dégénérait en trépignement, puis Gertrude tout entière s'agitait ; bientôt elle se levait en tapant des pieds et des mains, s'emparait d'une chaise et se mettait à

valser. Et que son cousin, dont le talent était
remarquable, jouât un air sauvage ou tranquille, mélancolique ou bouffon, l'effet était
toujours le même, Gertrude se mettait à
danser. Elle n'avait pas deux opinions sur
la musique, quelle qu'elle fût :. c'était un
bruit destiné à agir sur les nerfs de telle
façon que la personne soumise à son influence
éprouvait immédiatement et impitoyablement
un irrésistible besoin de danser.

Assez de Gertrude. Il était nécessaire pour la compréhension de ce qui va suivre, de stygmatiser cette pâteuse ébauche de la création, mais elle ne doit plus agir par elle-même. Par sa seule présence matérielle dans la destinée de Cappara, elle va maintenant ternir et éteindre de son ombre opaque la brillante irradiation du Florentin.

Celui-ci commençait à réfléchir, la science lui venait, il comprenait enfin... Mais quelle décourageante révélation ! à peine avait-il effleuré l'âme de sa cousine, qu'il lui fallut constater une incurable et rebutante stupidité. Cette triste découverte lui causa un dégoût et un ennui profonds !

Sait-on ce que c'est que l'ennui ?

C'est une prédestination. Le dispensateur des chances heureuses accorde parfois cette précieuse faculté à ceux qu'il veut le plus singulièrement favoriser : mais c'est un terrible don, il est soumis à la décision du libre arbitre, et quand ce dernier ne choisit pas par nonchalence, on choisit mal volontairement ; alors la lumière est remplacée par l'obscurité, la source de vie se transforme en poison.

L'ennui est un des puissants leviers de la recherche de l'inconnu. Les grands ennuyés font les grands voyageurs, les savants capables d'initiative. Les esprits courageux, ceux qui comprennent que l'intuition, tout en excitant la volonté, ne.lui permettra d'atteindre un but élevé qu'après avoir traversé des périodes douloureuses, ceux-là se soumettent à la loi ; ils étudient l'ennui, ils l'analysent, s'arment, luttent contre lui et voient, comme compensation, les choses les plus curieuses de notre planète.

Bientôt, lorsqu'ils auront tout vu, lorsqu'ils auront accompli les efforts du devoir exigé d'eux, la récompense ne se fera pas attendre ; elle viendra par l'envahissement du spleen, qui, en les tuant, leur livrera les aspects nouveaux des horizons infinis, en les lançant sur cette route qui mène à d'autres mondes.

Mais ne sont-ils pas à plaindre les infortunés obligés de mourir sans s'être jamais ennuyés ? ceux qui après avoir tourné dans un cercle restreint, banal, suffisant à leur manque d'aspiration, quittent l'existence avec *regret*, et sans connaître au moins tout ce qu'ils auraient pu savoir des détails perceptibles de notre petit globe ? N'est-il pas permis de supposer que ces natures assez incomplètes pour se trouver satisfaites d'aussi peu de choses ne méritent pas qu'une autre toile se lève devant elles, et qu'alors obligatoirement vouées à l'épouvantable nécessité du recommencement, elles reviennent dans ce bas monde sautiller dans cette cage qui tourne toujours, en attendant que l'indifférence les quitte pour faire place au désir et regarder stupidement le soleil et la lune, jusqu'à ce qu'elles soient dignes d'en pénétrer les merveilleux mystères ?

Cependant, l'immuable justice qui a tout prévu leur accorde des avantages. Elle attend patiemment pendant de longues années que la curiosité leur vienne. Les *satisfaits* vivent ordinairement plus longtemps que les autres, et se portent généralement bien. Gertrude n'avait jamais été malade.

Cappara était donc livré à une mauvaise influence. Des jours de calme, il n'en fallait plus parler. Fortement doué, et parvenu à tout son développement de vigueur physique, le Florentin devait être prêt pour la lutte et abandonné à lui-même.

L'épreuve commençait, il était riche, libre, et l'ennui s'épaississait autour de lui, l'enveloppant d'une atmosphère de sensations funestes. Elles pesaient sur sa pensée, l'endormaient, et, dans une vague nonchalance, il ressentait une tristesse sans motifs, un énervant affaissement, une sorte de bien-être passif qui le fatiguait et dont il aurait voulu être délivré.

Il ne fit pas ce qu'il fallait. Au lieu d'obéir à sa volonté, qui le poussait à sortir du circuit, il s'assit au milieu.

— Peuh ! se disait-il, tout le monde se marie ; autant épouser Gertrude qu'une autre ; d'ailleurs, ce n'est pas encore fait.

Il recula devant les suites d'un refus. Il lui aurait fallu donner des explications sérieuses, à Moldaw d'abord, à Florence ensuite, et il n'avait jamais abordé le *sérieux*, il le redoutait. Renverser des projets formés depuis tant d'années ! c'était grave, il attendit.

Cette facile résolution le fit rester en effet, son corps du moins, et pour plus longtemps qu'il ne l'avait prévu !

Cappara vivait de moins en moins chez Mathæus. Sous prétexte de travailler à la composition d'une symphonie qui devait être jouée le jour de son mariage, il manifestait des besoins de promenade solitaire, et errait des journées entières dans les curieuses rues de Moldaw, principalement dans le quartier des Bohémiens.

Un soir, il rencontra Saady et Miriam ; c'était la première fois qu'il les revoyait. Elles lui parurent avoir une autre apparence, les loques qui les recouvraient étaient plus amples, plus fièrement drapées.

— La tête de cette vieille, pensa Cappara, ferait admirablement, moulée sur un grand vase de bronze.

— Gracieux seigneur, dit doucement Saady, ne voulez-vous pas faire l'aumône à deux pauvres femmes ?

— *De tout mon cœur*, répliqua Cappara.

A cette réponse si simple, l'attitude des deux mendiantes devint inexplicable. Miriam tressaillit et respira fortement en fermant les yeux. Ceux de la vieille lançaient des éclairs pendant qu'elle soutenait sa fille.

Elle repoussa la pièce d'argent que lui tendait le jeune homme.

— Ce n'est pas de l'argent que nous demandons, seigneur Cappara... De l'argent... qu'est-ce que cela ?...

Et sa physionomie prit cette remarquable expression de dédain qui formait un de ses principaux caractères.

— Et que voulez-vous donc, fit celui-ci étonné ?

— Vous l'avez dit, seigneur, vous l'avez offert.

Et la vieille se retira, emportant sa fille et laissant à Cappara stupéfait le soin de deviner cette énigme.

Il n'y parvint pas ; néanmoins, cette aventure se casa tellement bien dans son cerveau, que, le lendemain en se réveillant, ce fut sa première pensée.

— Que diable pouvait donc vouloir dire ce vieux sphinx patibulaire ? demanda-t-il à sa cousine, après lui avoir raconté sa rencontre.

Celle-ci ne put lui donner aucune autre explication, si ce n'est que la sorcière désirait implorer son pardon.

Cappara secoua la tête d'un air de doute.

Les jours suivants, il put constater un fait. Partout où il portait ses pas dans ses flâneries indifférentes qu'il accomplissait au hasard, il rencontrait Miriam et Saady.

Il les rencontrait plusieurs fois dans la journée. Les deux femmes semblaient connaître, dès la veille, le plan exact du chemin qu'il devait parcourir le lendemain.

Elles paraissaient l'escorter, sans jamais le perdre de vue, et cela malgré les détours, crochets, marches et contre-marches qu'il multipliait sans s'en rendre compte.

Du moins on aurait pu le croire ainsi, car il fallait qu'elles le suivissent pas à pas par des ruelles parallèles, pour se trouver, comme elles le faisaient dix fois par jour, juste au tournant qu'il devait suivre, ou précisément appuyées, immobiles, silencieuses, contre la muraille de la vieille masure qui devait exciter son attention par la bizarrerie de sa structure.

Un autre fait qui le surprenait encore beaucoup, c'est que, de temps à autre, il leur offrait de l'argent. Et à chaque tentative qu'il exécutait pour faire accepter son aumône, il était refusé avec un geste d'une fierté étonnante chez une femme comme la vieille Saady.

Elle le regardait ensuite froidement et pressait contre elle sa fille, qui baissait ses longues paupières dans une attitude triste.

Cappara se retirait tout pensif, et, si longtemps après il se retournait, il voyait les deux femmes le suivre de loin et ne l'abandonner que lorsqu'il approchait de l'habitation de Mathæus.

Cette bizarrerie, cette énigme, l'obsédaient. Ces deux femmes lui semblaient être les deux démons de son ennui? Pourtant elles détruisaient la nonchalance et la monotonie de ses promenades... La répétition persistante de ses rencontres ne pouvait être attribuée au hasard. C'était évidemment l'accomplissement d'une volonté... on lui voulait quelque chose...

Ce quelque chose, il cherchait à le deviner, cela le préoccupait, le fatiguait, et il résolut de recouvrer sa quiétude en interrogeant Saady.

L'occasion ne se fit pas attendre. Toute la journée du lendemain, il se sentit seul... Le soir, il revenait en traversant un quartier de ruines moisies, gratinées et colorées par le soleil couchant comme de gigantesques croûtes de pain grillé. De vagues symptômes d'hypocondrie donnaient une impulsion désolante à sa pensée et il respirait avec un certain plaisir l'âcre saveur qui s'exhalait de ces amas informes.

— De singulières odeurs se promènent dans cette ville, se prit-il à dire tout haut.

— Ce sont les parfums de la mort, tu commences à les aimer, Cappara, répondit une voix grave.

Cappara se retourna brusquement. Les deux femmes étaient dressées devant lui...

— Ah çà ! je crois que tu joues au spectre avec moi, la vieille ! Il me déplaît de sentir à ma suite ta grande figure de sphinx attachée à mes pas comme une ombre vivante ! Que veux-tu ?

— Vous le savez bien !

— Parle net. Que veux-tu ?

— Ce que vous avez promis !

— Et qu'ai-je donc promis, obscure et détestable Zingara, dit le jeune homme impatienté.

— Votre cœur, gracieux seigneur César, et tout entier... De tout mon cœur, avez-vous dit !...

Cette demande sortait tout-à-fait de l'ordre

des suppositions prévues. Un instant, le Florentin pensa qu'il allait avoir à repousser les conditions d'un honteux marché : mais ce ne fut que pendant un instant. Le désintéressement obstiné de la vieille avait trop frappé sa nature généreuse pour qu'il ne rejetât pas cette idée.

Ce fut donc avec une curiosité presque bienveillante qu'il reprit :

— Mon cœur... c'est beaucoup et c'est bien peu... En aurais-tu besoin pour perpétrer quelque trituration diabolique, ajouta-t-il en riant, as-tu quelque expérience à faire qui nécessite absolument le cœur, assez désœuvré, de César Cappara, gentilhomme de Florence... le sien et non pas un autre ?... Voyons, parle !

— Vous l'avez dit, une expérience... articula lentement Saady, et dans une sublime science, une science dont les éléments les plus simples touchent à la terre, mais dont les développements, comme les dégrés de cette échelle mystérieuse vue par Jacob, montent vers des altitudes infinies. Ton cœur, César, est un foyer de vivifiantes chaleurs, une lumière éclatante ; tu peux éclairer une âme, la diriger, l'attirer à ta suite dans le rayonnement lumineux de ton étoile ; tu peux là sauver du cercle de ténèbres qui l'attend pour la faire pénétrer dans le monde de clarté. Prends garde ! Cappara ; ton auréole est moins prismatique : je la vois pâlir !... Feras-tu ce que je te demande ? donneras-tu ton cœur ?

Cappara l'écoutait en souriant :

— De plus en plus incompréhensible, Saady ; mais enfin, le don que tu réclames légitimerait bien au moins quelques informations préalables... Qu'en veux-tu faire ?

— Regarde Miriam ! ajouta la vieille après un silence.

Cappara recula... et si l'étonnement peut se personnifier par l'attitude, il aurait pu en offrir un modèle parfait, tant la singularité de ce qu'il voyait était de nature à provoquer la surprise.

Cela n'avait rien d'effrayant, tant s'en faut, et quelque familier qu'il fût avec les productions des peintres mystiques, la figure qu'il avait devant lui dépassait, comme inexpressible sentiment d'ineffabilité, tout ce qu'il avait pu voir dans les plus belles pages des maîtres de son pays.

Le buste de Miriam, appuyé sur le bras de sa mère, s'avançait insensiblement vers lui avec l'obéissance d'un corps soumis à une attraction invincible. Sa tête, dont les tons fauves étaient illuminés par les derniers rayons du soleil, qui la faisaient resplendir comme un masque d'or, avait une adorable expression extatique. C'était une admiration illimitée, qui arrondissait les pupilles de Miriam à leur plus grand degré de dilatation.

Le regard fixe et cependant noyé, elle paraissait voir le ciel dans les yeux de Cappara et s'abîmer dans la contemplation d'innombrables visions paradisiaques. Son sein ondulait sous l'aspiration incessante de ses narines larges et toutes grandes ouvertes. Sans le bras de sa mère, elle serait tombée devant le Florentin comme on tombe dans ces gouffres sans fin qui ne s'ouvrent jamais que dans les rêves.

Cappara ne se rendit pas bien compte de l'étonnante avidité exprimée par la physionomie qu'il avait devant lui. Il ne comprit pas la singulière influence de magnétiseur qu'il exerçait sur cette enfant. Et d'ailleurs, il était préoccupé d'une autre idée.

Surpris de l'incontestable beauté de Miriam, il voulait la ranger dans un ordre quelconque de l'architecture humaine, il cherchait une classification, à retrouver un type qui lui échappait. Miriam était-elle de race asiatique ou africaine ? C'est ce point qu'il ne pouvait déterminer : ce fut donc avec le même air interrogateur qu'il leva les yeux sur Saady.

Celle-ci secoua la tête avec découragement et dit :

— Tu ne comprends pas encore, Cappara.

Je crains que tu ne comprennes jamais. Du reste, tu n'as plus longtemps à attendre maintenant. Je te l'ai dit tout-à-l'heure, tu commences à aimer les parfums de la mort. Dans quelques jours, tu auras à te prononcer, à choisir... Au revoir !

Et la vieille emmena sa fille, qui marchait lentement, péniblement, comme un être brisé par une maladie de langueur !

Cappara regarda longtemps la silhouette des deux femmes s'estomper sur l'horizon rouge, et quand il ne vit plus que leurs ombres inclinées, il se dirigea, plein de rêveries, vers la demeure de Mathæus.

Pendant ces choses, Gertrude tricotait avec moins d'attention, parce qu'elle réfléchissait à l'opportunité de rechercher un morceau de gaze pour faire une chemise au pompeux bouquet artificiel... afin qu'il pût se conserver propre.

Cappara marchait évidemment à sa perte.
Il était moins décidé que dans les commencements pour rompre ce mariage, qui devait lui faire passer son existence dans une
fastidieuse association. Son inconcevable
apathie n'aurait pu s'expliquer que par une
faiblesse de volonté : il avait toujours été
élevé avec cette idée d'épouser sa cousine,
sa mère était morte en le lui recomman-
dant, et bouleverser toutes ces dispositions
qui avaient acquis la solidité de l'habitude
prise, lui semblait de jour en jour une plus
rude affaire.

Ne serait-il pas considéré comme cédant

à un caprice? Gertrude n'était-elle pas jeune, blanche, dans une condition de fortune égale à la sienne? Les objections se présentaient armées de toutes pièces en face de sa nature paresseuse, et les forces actives qu'il lui aurait fallu déployer s'amollissaient à mesure que le laisser-aller prenait le dessus.

Cependant, comme il fallait des aliments à son imagination, l'ennui qu'il éprouvait, près de Gertrude et qui le poursuivait même hors de sa vue prenait de telles proportions qu'il se serait peut-être déterminé à fuir en laissant des notes explicatives.

Malheureusement il trouva un remède brutal, matériel, pour combattre son affaissement moral.

Il était bien avancé déjà dans cette mauvaise voie dont avait parlé la vieille Saady; les côtés en devenaient de plus en plus infranchissables, il fallait résolûment retourner sur ses pas ou aller jusqu'au bout. Dans les commencements, les vieux quartiers de

Moldaw lui avaient offert quelque distrac-
tion ; mais ils commençaient à ne plus avoir
d'intérêt, il connaissait tous les angles,
toutes les fissures des murailles, il avait
compté les haillons qui pendaient de toutes
les fenêtres, le pittoresque avec toutes ses
inégalités et les tons bitumeux de sa palette
était devenu banal.

Aussi, comme il fallait combattre non
pas le spleen, résultat tranquille de la satiété, mais une hypocondrie inquiète, furieuse
de désirs inassouvis, depuis quelques jours,
las de regarder l'étrange population au
milieu de laquelle il se promenait comme
un amateur dans un cabinet de curiosités,
il avait voulu étudier le fond de cette forme
dont il commençait à se rassasier, et pénétrer dans les intérieurs de cette vaste Cour
des Miracles, au risque d'y gagner quelque
soir un bon coup de couteau.

L'endroit excentrique par excellence, celui
qui l'aidait le mieux à supporter les inter-

minables soirées, parce qu'il n'avait jamais
rien vu de semblable, était l'unique cabaret du quartier des bohémiens. Atroce
repaire hanté par les êtres les plus enclins
à la perversité qui soient au monde. Mais il
n'y avait pas à choisir, il fallait se distraire.

Le Florentin se plaçait dans un coin et
passait de longues heures dans la contemplation de cette société qui formait un contraste complet avec celle qu'il fréquentait trois
mois auparavant. En Italie, le luxe du goût le
plus exquis, l'extérieur de la plus parfaite
distinction, entouraient toutes ses habitudes.

Dans ce cabaret de Moldaw, le tableau
vivant le plus férocement composé qui soit
sorti de la sombre imagination des peintres
spadassins de la Renaissance! le plaisir tel
que peuvent le prendre des démons dans un
enfer de poutres noircies et de lampes
fumantes. Entre ces deux extrêmes, la banalité bourgeoise de l'intérieur du bourgmestre.

Nous avons dit que Cappara avait trouvé un

remède à son ennui. En effet, malgré sa haute
mine, il n'aurait point conservé tranquillement
sa position de curieux qui le plaçait à part dans
ce bouge, s'il n'avait largement conquis ce
droit à force de générosités.

Jusqu'à un certain point il s'était fami-
liarisé avec ces détestables coquins, aimait
à les faire boire et se retirait souvent lui-
même dans un état d'ébriété antipathique à
la perpendiculaire.

Insensiblement il prit l'habitude de l'ivresse,
ce moyen facile de jeter la perturbation dans
une idée fixe. Ce procédé détruisait bien
l'influence, c'est vrai, et plongeait Cappara
dans de courtes périodes de confusion intellectuelle qui lui permettaient d'aller se coucher de bonne humeur, mais il ne détruisait
pas que cela.

On n'apporte pas impunément le trouble
dans ces éléments inconnus qui composent
la pensée. Il faut à cette dernière toute la
continuité de sa puissance, pour ne jamais

laisser échapper une vérité entrevue, une acquisition de plus à la somme des faits. Si le contraire arrive, la science retombe à des profondeurs telles que le temps perdu à la retrouver dépasse de beaucoup le temps consacré à l'obtenir.

Cappara redescendait vite l'échelle, et si l'on veut savoir jusqu'à quel point il était devenu la copie du brillant original que ses amis de Florence connaissaient, il suffirait d'assister à la scène suivante :

C'était le soir. Il traversait la salle commune de Mathæus en se préparant à sortir, lorsque Gertrude, qui commençait à se trouver fort négligée, lui demanda où il allait.

— Je vais boire, ma cousine, répondit-il froidement.

— Boire... attendez, mon cousin.

Et la naïve Gertrude, qui ne comprenait pas, se dirigeait vers l'armoire, lorsque Cappara lui saisit le bras.

— Ne dérangez pas ainsi votre habituelle

tranquilité, douce et placide Gertrude, je vais boire au cabaret.

— Au cabaret ! répéta-t-elle machinalement.

— Oui... au cabaret... comprenez-vous, aimable cousine... Je vais boire, boire et encore boire... c'est-à-dire prendre une coupe de la main gauche, un pot de la main droite, verser et boire. Est-ce clair ? Ne faites point saillir ainsi vos gros yeux bleus et ne rougissez pas jusqu'aux oreilles, toutes ces manœuvres sont inutiles... je vais de ce pas engloutir dans mon estomac toutes sortes d'excellentes choses liquides jusqu'à ce qu'il soit plein comme une petite futaille !

Gertrude était interdite. Cappara reprit :

— N'affectez donc point, imperturbable et solennelle cousine, d'essayer de vous transformer en pierre !... Je vais, je vous le répète, travailler par l'ingurgitation à atteindre la rotondité d'un tonneau... Je suppose que vous ne me reprocherez pas de manquer de galanterie, vous qui n'aimez pas les gens maigres ;

je veux devenir plus gras que vous, ah ! ah !

Quel joli ménage nous ferons, flegma-
tique Gertrude ! Quelles douces soirées j'entre-
vois dans l'avenir... Vous tricoterez, moi, je
boirai... Je vous achèterai des bouquets en
porcelaine que vous pourrez frotter, laver,
fourbir, tenir propres enfin... Mon nez aussi
fleurira, et il aura coûté cher... Cela vous fera
plaisir, vous qui trouvez les pâquerettes trop
bon marché... Voilà d'où vient ma soif ; j'ai
gagné l'autre jour un coup de soleil et une
altération terrible à vous les cueillir... mais
ne concevriez-vous pas bien ce que je vous
dis ? je le crains à votre apparence... Ah !
Gertrude, quelle ravissante fiancée vous serez
dans deux heures ! quand votre souvenir se
condensera sous une forme visible dans le
nuage des joyeuses fumées de l'ivresse !

Cappara aurait pu continuer longtemps
encore ce genre de plaisanterie, qu'il for-
mulait avec une parole brève, sifflante, lorsque
la pauvre Gertrude fit éclater une explosion de

sanglots tellement sonores, tellement bruyants qu'il s'enfuit tout honteux de son inique méchanceté.

Celui qui l'aurait rencontré alors aurait pu remarquer la mauvaise expression de sa figure. Il avait la conscience d'avoir exercé sur la pauvre fille une basse vengeance de sa propre lâcheté. Cappara ne se rendait pas compte des progrès du mal sur son esprit. A peine aurait-il pu maintenant se réveiller du sommeil de sa volonté.

Mais cependant il savait parfaitement, tout en continuant son chemin, qu'il venait de causer un chagrin sérieux à un être inoffensif, et cela gratuitement, injustement.

Il fallait que les sentiments de bonté qui le faisaient si généreusement agir d'ordinaire fussent bien éteints pour qu'il ne cédât pas au mouvement qui le poussait à retourner dire une bonne parole à Gertrude. Il hésita un instant, mais il remit au lendemain sa réconciliation.

Deux heures après, le Florentin, qui s'était étourdi plus que de coutume, était retranché das un angle du cabaret du *Grand roi de Thune*, et contenait par sa mine altière, farouche, un grouillis repoussant de vénimeux mendiants, qui, le couteau à demi tiré, prenaient de redoutables physionomies d'égorgeurs.

Quelques paroles dédaigneuses, maladroitement placées dans un pareil lieu, avaient soulevé toute cette tourbe humaine. Et puis, les occasions d'assassiner quelqu'un devenaient trop rares à Moldaw pour qu'on laissât échapper la bonne fortune qu'offrait cet insolent étranger.

Le danger était réel. Le meurtre rétrécissait

le cercle que ses hideux adeptes formaient autour de Cappara. Acculé devant cette meute dont la colère tournait aux rugissements, le jeune homme, malgré son état d'ivresse évident, n'adoucissait pas la fierté de son regard devant tous les yeux sanglants qui le fixaient.

Un moment de plus, et il allait avoir à se tordre sous les furieuses morsures et les coups de couteau de ces monstres, quand une voix métallique, nette, retentit au-dessus de toutes les autres.

— Rentrez vos crocs, hargneuses bêtes, et hors d'ici, j'ai affaire à ce jeune seigneur!

A cet ordre, un profond silence se fit, et Cappara vit dans l'espace laissé immédiatement libre entre lui et la porte, la vieille Saady s'avancer entre les deux haies d'abjects coquins cauteleusement rangés dans une attitude de soumission. Elle prit le bras du jeune homme, l'attira doucement et le fit sortir sans difficulté.

Les émotions de cette soirée, autant que
les honteux excès de boisson auxquels il
s'était livré, auraient troublé un corps moins
admirablement construit que celui de César
Cappara. Aussi l'air froid de la nuit agit-il
sur-le-champ : le Florentin était déjà ivre.
Il fut envahi par cette profonde ivresse des
natures robustes, qui ne les abat pas, mais
qui persiste un long temps.

Saady le considéra avec attention, haussa
les épaules, et s'enfonça dans les ruelles
sombres du quartier bohémien. Machinalement, Cappara suivit la vieille, qui profilait
sur les murailles sa grande taille que rien ne
semblait pouvoir courber.

Après d'assez longs détours, ils arrivèrent tous deux devant une porte, Saady se retourna :

— Tu accomplis ta destinée, Cappara, dit-elle ; tu viens, je n'ai rien fait pour t'attirer, tu viens librement. Entre donc, beau seigneur ! autant en finir aujourd'hui que demain.

Cappara, qui n'avait d'autre but déterminé que de courir les aventures, franchit le seuil et vit se refermer derrière lui la porte de la chiromancienne Saady sans se douter qu'elle le séparait à jamais du monde expliqué par la science.

Guidé par la vieille, il fit quelques pas dans l'obscurité la plus absolue et pénétra dans une vaste salle, dont le premier aspect le pétrifia.

Ce qu'il entrevoyait dansait dans son cerveau une ronde confuse, dont tous les détails se brouillaient d'autant plus, qu'ils n'étaient éclairés que par une lueur très-

13

douce et colorée. Quand il fut habitué à cette demi-clarté et qu'il put distinguer nettement, il manifesta une véritable satisfaction d'archéologue.

— Fort original, murmura-t-il, tout-à-fait digne de figurer au musée de Florence.

C'était, en effet, à se croire transporté dans l'intérieur de la grande pyramide de Cheops. On ne pouvait penser que les quatre énormes murailles fussent en granit rouge, mais elles l'imitaient à s'y tromper. Une haute plinthe bleue constellée annonçait l'intention diabolique de placer le ciel à la base de cette écrasante architecture.

Des serpents aux écailles dorées, entremêlés de scarabées à tête de mort, composaient une ornementation qui courait tout autour de la plinthe. Au-dessus de la large bande étoilée, d'interminables rangées de personnages étaient incrustés dans le granit et figuraient avec des profils bordés de jaune et l'œil de face, la longue procession des dieux à tête d'animaux.

En face de Cappara, un énorme globe ailé semblait planer entre deux grandes figures humaines coiffées du pschent à tête d'épervier qui le regardaient attentivement. Des yeux gigantesques sculptés dans la pierre bombaient aux quatre coins d'une corniche surchargée d'hiéroglyphes , et fixaient des points inconnus sur un plafond voûté entièrement recouvert d'un voile noir.

On ignorera toujours si Cappara, dans la disposition d'esprit où il était, crut voir à tout cela des proportions grandioses, ou si elles existaient réellement. La vieille Saady, après tout, n'était qu'une gitana prétendant pratiquer la misérable profession de sorcière. Cependant il est certain qu'elle exerçait une sorte de royauté sur l'occulte association des bohémiens.

Quoi qu'il en soit, le Florentin n'eut pas le temps de rêver sur les dispositions de cette vaste salle, évidemment symboliques. Un soupir qui glissa dans ce profond silence comme une note harmonieuse le fit retourner brusquement, et c'est alors qu'il vit un spectacle qui le charma.

Entre deux énormes pylônes portant en bas-reliefs la figure d'Osiris, s'allongeait une estrade de marbre noir, inclinée, sur laquelle était assise une statue en basalte représentant la déesse Pacht, la divinité à tête de lionne. Entre ses bras et ses jambes étendus et formant berceau, la fille de Saady reposait sur une natte de plumes de paon.

Cappara s'avança doucement et s'arrêta, ravi, au bord de ce singulier lit. Ceux qui, à cette heure, auraient vu ce qu'il voyait, n'auraient guère reconnu la jeune mendiante, sous le costume qu'elle prenait pour dormir. On distinguait parfaitement maintenant les traits de Miriam. Ses cheveux relevés tout autour de sa tête se maintenaient droit jusqu'à une certaine hauteur et retombaient de chaque côté en cordelettes finement tressées et rangées avec une patiente symétrie. Un gorgerin ou pectoral broché d'argent semé de perles blanches entourait son cou et se terminait au milieu de la gorge, qu'il dégageait en décrivant deux courbes, par un collier de petites figurines en bronze vert.

Elle était enveloppée d'une sorte de simarre nouée au-dessous du sein et parsemée de petits tuyaux de verre bleue. Ce vêtement était transparent et laissait voir un large cercle en métal brillant comme de l'or qui cachait tout le torse. Un caleçon collant, zébré d'une rangée d'écailles de diverses couleurs et de bandes en laines rouges, était serré autour de ses formes, qu'il dessinait depuis les hanches jusqu'au dessus des genoux.

Parée ainsi, que l'on fût un adepte de l'art allemand ou italien, mystique ou sensualiste, il n'y avait qu'une seule opinion à émettre, c'est que Miriam était admirablement belle.

Il ne restait plus qu'à discuter le genre
de beauté tout particulier dont elle offrait
le type. Et ici le costume et l'entourage
venaient en aide à Cappara. Miriam se com-
plétait, c'était bien la plus ravissante Egyp-
tienne qui ait jamais respiré les parfums
de la fleur du lotus dans les palais gigantesques de Thèbes aux cent portes, la majes-
tueuse cité Pharaonique. Comment se faisait-
il qu'un modèle aussi pur, d'une race éteinte
depuis tant de siècles, se retrouvât dans la
période actuelle? Cappara réfléchissait encore
à une autre chose, — autant que son ivresse
le lui permettait, — c'est qu'elle dormait les
yeux ouverts et dirigés de son côté.

Il la regardait tout émerveillé, penché au-
dessus d'elle, lorsqu'il sentit des doigts secs
s'arrondir autour de son poignet. C'était la
vieille Saady, qu'il n'avait pas remarquée,
appuyée contre un des pylônes et qui ne
perdait pas de vue un seul de ses mouvements.

Cappara eut un mouvement d'impatience. Cette vieille sévère, véritable momie vivante, formait une telle opposition dans le tableau, qu'il l'aurait brutalement repoussée hors de sa vue, s'il n'avait pas réfléchi qu'il devait à son intervention tous les hasards heureux de cette soirée.

Saady ne lâchait pas son bras.

— Ecoute, dit-elle, le moment est venu où tu dois savoir !... Ce n'est pas un hasard qui m'a fait te sauver la vie ce soir : je te cherchais, et pour ce que tu vas entendre, ce ne serait pas de trop de toute ta lucidité ; malheureusement nous n'avons pas le temps d'attendre. Ce qui s'est passé entre toi et ta cousine provoquera demain une explication dont le résultat te ferait épouser la fille de Mathæus dans un très-bref délai... or, écoute bien ceci : si tu sors d'ici sans avoir renoncé à ce mariage, tu es perdu ?

— Fort curieux, dit Cappara en se dégageant, et pourquoi cela ?

La vieille montra sa fille : — Parce qu'il faut que tu épouses Miriam !

Cappara ricana ; décidément, il trouvait la soirée amusante.

— Continue, ajouta-t-il, continue, Saady.

— Tu n'es pas sérieux, Cappara, et tu n'aurais jamais eu plus besoin de l'être... car en verité... si tu pouvais voir la singulière escorte dont tu es entouré, tes joues seraient moins roses... Mais votre livre a raison : *Ils ont des yeux et ils ne voient point...* Il faut què tu épouses Miriam, parce qu'avec toi elle est invulnérable, et que sans toi elle succombera !

— Tu parlerais égyptien, dit Cappara, que tu ne serais pas plus compréhensible.

— Quand une femme, reprit la vieille, rencontre celui de vos semblables dont toutes les facultés, tous les fluides exercent sur elle une domination absolue, elle tombe sous l'influence, elle obéit, il y a affinité complète entre l'organisme des deux êtres, et le plus puissant absorbe l'autre, le fer ne résiste pas à l'aimant, — c'est ce que vous appelez l'amour. C'est le cas de Miriam. Chez elle, la volonté n'existe plus, elle ne vit plus par elle-même : elle vit par toi et pour toi...

En ce moment, elle ne dort pas... Vous avez encore un mot pour expliquer l'état où elle se trouve... Elle est magnétisée... Toutes les forces de sa pensée uniquement concentrées sur un seul objet, sur toi, ont fini par déterminer une contraction rigoureuse des nerfs qui lui a retiré le mouvement.

Depuis quinze jours, elle est où tu la vois... et elle doit souffrir, car elle possédait une merveilleuse seconde vue qui lui permettait de suivre tes pas partout où ils se portaient.

La nuit même, pendant son sommeil, ses paupières se lèvent, et son regard se dirige vers ta demeure comme la boussole vers le pôle...

— Mais ne pourrait-on, dit le Florentin en s'avançant vers la déesse Pacht...

— Tout est inutile, la loi est plus forte
que la créature ! Ecoute, Cappara, écoute-
moi bien, car j'ai à te parler de choses qui
vont te paraître bien plus étranges que ces
misérables phénomènes, de second ordre dans
les faits qui font agir l'humanité. Cette nuit
est solennelle dans ton existence, et si d'ici
à quelques heures tu n'as pas renoncé, par
une ferme décision, à épouser Gertrude...
ton passage sur cette terre aura été court.

— Elle y tient, pensa Cappara, et elle
conclut lugubrement.

— As-tu jamais réfléchi, reprit Saady après
un silence, à la pernicieuse opposition qu'on
placerait devant le travail incessant de la
nature, en mariant une belle jeune fille,
riche de trésors intellectuels, à un bœuf ou
tout autre représentant du règne animal ?
C'est pourtant ce que tu vas faire en épousant
Gertrude !...

Quand les agents créateurs chargés du
mouvement de la vie sur la terre animent une

créature comme toi, César Cappara, ils ont un but : c'est de créer un être approchant autant qu'il est permis d'en approcher de la perfection sur notre globe. Ce but, poursuivi de génération en génération, par un habile croisement de races, apporte, lorsqu'il est arrivé au point où tu en es, un détail déjà très-important dans l'ensemble de la généralité des mondes. Mais l'homme doit aider par lui-même à son développement.

En épousant Gertrude, tu arrêtes un des infiniment petits progrès de la recherche suprême du perfectionnement, travail difficile, évidemment en lutte depuis que la terre a été lancée dans l'espace à l'état chaotique, avec des forces contraires. Gertrude, qui n'en est qu'à sa première apparition, ébauche humaine d'un dégré au-dessus de l'animal, n'a pas besoin pour suivre une marche ascendante des lumières d'une intelligence aussi complète que la tienne. Plusieurs dégrés de moins suffisent au point

où elle en est. La loi qui cherche à établir
le niveau entre les esprits avant de créer
une autre race n'a pas besoin de toi pour
Gertrude, il lui faut moins que cela, et il te
faut mieux.

En t'épousant, ta cousine Gertrude monte
juste ce qu'elle aurait monté avec un autre,
elle accomplit sa mission, mais tu n'accomplis pas la tienne, tu n'apportes pas ta pierre
au mystérieux édifice, tu redescends, tu
deviens inutile, et le principe d'amélioration
t'abandonne aux agents de destruction.
Pour ces derniers, tu ne vaux encore rien,
tu as trop de bons sentiments. Alors ne
pouvant venir en aide par ta propre faute
à aucune des deux puissances... tu meurs... tu
ne te transforme pas, tu meurs... c'est-à-dire tu
retournes dans l'immense creuset où tout ce
qui était toi retombe à l'état de matières premières, divisées à l'infini pour servir à d'autres
essais... Il te faut une créature d'une organisation parfaite, il faut que tu épouses Miriam !

Cappara, qu'il adoptât ou non cette philosophie de sorcière, s'amusait au possible. Cette idée d'épouser Miriam lui paraissait prodigieuse. Il est cependant très-vrai qu'à certains moments Cappara était de nature à méditer sur cette idée... Il avait peu vu, lui qui était familier avec toutes les merveilles de la statuaire, une aussi adorable statue que celle qui palpitait toute vivante à deux pas de lui...

Prendre cette enfant avec toute sa naïveté, toute son ignorance, développer la pensée qui devait s'épanouir en gerbes fécondes sous ce front large et puissant, animer ce profil déjà d'une indéfinissable finesse d'expression, n'aurait peut-être pas été un acte de folie de la part du gentilhomme florentin... Mais Cappara était ivre et ne recevait d'autre impression que celle résultant de l'inattendu de cette situation. Il voulut exciter Saady :

— Admettons un instant l'infaillibilité de ton système, dit-il, je n'ai, pour échapper à sa décourageante conclusion, qu'à rompre avec Gertrude... Mais en quoi suis-je forcé d'épouser ta fille ?

— C'est vrai, répondit Saady, tu peux choisir... J'aurais voulu sauver ma pauvre enfant, ajouta-t-elle en regardant tristement Miriam.

Et la tristesse chez cette femme exprimait une douleur navrante. Elle réfléchit profondément.

— Ma tâche est difficile, dit-elle en relevant la tête, notre race est si différente de la vôtre... Comment vous faire comprendre ce que vous ne voulez pas admettre, vous autres, dont la prétentieuse raison a osé arrêter la limite du possible ! Vous qui pensez que les espaces incommensurables sont inhabités parce que vos pieds ne peuvent quitter la terre, et que vos yeux ne peuvent voir les incalculables séries des êtres ! Vous qui croyez que rien ne peut être où vous n'êtes pas, que rien ne peut vivre où vous ne pouvez vivre !

Il n'y avait que les hommes pour inventer le *vide* en dehors de ce qui ne tombe pas sous leurs sens, au delà du cercle restreint que ne peut dépasser leur compréhension !

Quel triste monde, Cappara, que celui dont notre espèce serait le dernier mot !... Mais, si tu consens à reconnaître humblement que le néant est encore moins compréhensible que le mouvement infini, éternel, des productions de la vie, alors tu comprendras l'impossibilité de l'isolement, de la solitude, et le rapport qui peut s'établir entre toi et ceux qui existent sans que tu les touches, sans que tu les voyes.

Toutes les religions t'enseignent les miracles, vos livres pieux sont remplis de saints personnages dont les visions extatiques leur ont permis d'entrevoir, au milieu des auréoles radieuses, les êtres qui sont arrivés dans la perpétuelle lumière.

Dans ma caste, il y a eu de savants hommes également, vivant dans la méditation et le mépris des choses de ce monde, mais quelle route ont-ils choisis dans la science du bien et du mal ? A quelle puissance sont-ils parvenus et quelles tentatives insensées ont-ils donc essayé de faire pour avoir encouru la confusion et la dispersion de nos races, et la punition implacable qui nous poursuit de générations en générations ?

Sais-tu ce qu'il nous reste de cette science immense perdue depuis des siècles et dont les dernières traditions poursuivront jusqu'au dernier de nous ? un ardent désir de pénétrer dans l'inconnu et le don terrible d'y réussir... Mais, malédiction ! dans quel horrible séjour exerçons-nous notre infernale puissance !... C'est un monde de spectres qui répond à nos évocations, un hideux cortège de fantômes malfaisants, d'esprits impurs qui prennent des apparences affreuses lorsque vous leur êtes livrés, afin de vous troubler par la fascination de la terreur.

Ce sont tous les agents de la désorganisation qui ne désespèrent pas dans leur orgueil d'arriver à la destruction absolue des races qui peuvent atteindre là où ils ne pourront jamais monter... Et nous ne pouvons échapper à cette destinée... En venant au monde, nous apportons de pernicieuses facultés, d'effroyables attractions vers les esprits du mal dont nous devons grossir le nombre... Voilà pourquoi je voudrais sauver ma pauvre enfant en te la donnant pour femme... Elle ignore tout... Elle est vierge encore pour les premières acquisitions de la science... à peine la seconde vue se développe-t-elle chez elle...

Et si tu prends ma fille, si tu l'emmènes hors de cette ville maudite, tu accomplis le plus ineffable devoir de ta prédestination angélique... Tu ouvres à un être les perspectives sans fin de l'éther brillant... Avec toi, Miriam peut être sauvée ! Soumise à tes enseignements, parce qu'ils viendront de toi, et que tu es tout pour elle, ta parole lui donnera des ailes pour s'élancer dans l'espace et lui faire comprendre les impulsions vraies du

14

mouvement éternel de l'amélioration. Ton essence généreuse l'enveloppera comme une flamme inaccessible aux habitants du froid et du silence !... Alors Miriam peut s'élever jusqu'à cette étincelante voie lactée, route du monde divin où l'on pénètre par l'amour... Tous ceux qui peuvent aimer sont dans le bon chemin et échappent aux glaciales et ténébreuses régions où tout se tord avec rage sous les furieuses inspirations de la haine !...

— Ta, ta, ta, ta ! interrompit le Florentin, la voie lactée, les régions ténébreuses, les fantômes, l'amour, que diable ! vieille Saady, tu t'embrouilles dans un écheveau philosophique que tous les cinq cents diables, tes collègues, le diable m'emporte et toi aussi, ne décideraient pas !... Tu voudrais bien me faire épouser ta fille, ce serait ton meilleur tour.

Mais, en conscience, ajouta-t-il en riant, puis-je me marier avec une femme qui peut un beau matin se réveiller sorcière, qui en

possède tous les éléments?... Si la chose allait
se développer tout d'un coup?... D'un côté,
ce serait une économie, nous n'aurions plus
besoin de chevaux, des manches à balai suffi-
raient... une sorcière... une bohémienne...
Que dirait mon père, le noble Otto Cappara,
si fier de ses quartiers de noblesse ?

Ce dernier membre de phrase était de
trop, Cappara se calomniait lui-même : il
aurait été très-homme à épouser Miriam...
mais la fatalité s'en mêla, il ne put parvenir
à être sérieux dans cette circonstance.

La vieille eut une expression d'indignation
magnifiquement exprimée, et contenue aussitôt. Les bras croisés et regardant Cappara
tout entier, ce fut avec un ton de voix très-
grave qu'elle reprit :

— Misérable!... Tes quartiers de noblesse !...
Ils tirent leur origine d'une action accomplie
par le glaive, d'un meurtre éclatant !... A
partir du moment où vous avez lavé dans le
sang votre crasse de vilains, vous êtes

devenus gentilshommes !... Miriam, elle, descend en ligne directe d'un des principaux de ces savants mages, qui luttèrent par leurs enchantements contre la puissance de Moïse !...

Comment oses-tu comparer l'obscurité de tes ancêtres, rampants, ignorés dans l'avilissante condition d'esclaves, à ces hommes formidables, à ces demi-dieux arrivés presque au sommet de l'arbre de la sience, et qui purent arrêter un instant l'envoyé du pouvoir suprême !... Tentative insensée d'orgueil qui détermina la condamnation de toute la race !...

Miriam participe de ces fortes organisations : mais le temps presse ; le moment approche où l'enfant va devenir femme, et où tout ce qui est vague dans sa pensée va prendre des contours arrêtés et indestrucptibles. Les esprits de la lumière, implacablement empêchés de lui venir en aide, la laisseront sans défense... Une seule chance pouvait la sauver, je te l'ai dit, c'est qu'elle aimât un être de ton espèce... cette chance est survenue... Je disparaîtrai, moi, Cappara : prends Miriam, épouse-là!...

— Non, dit résolûment le Florentin, assez sur ce sujet, je ne suis pas digne de ta fille...

— C'est bien , interrompit Saady dont chaque parole était un sanglot, c'est bien... Que vous ressemblez peu maintenant, gracieux seigneur, au noble jeune homme arrivant de Florence !... Qu'est devenue la poësie, poëte aux inspirations divines !... Vous l'avez noyé dans l'ivresse.... Votre cœur est une morgue où sont rangés les cadavres de vos belles apparitions.... Vous n'exulterez plus le ciel actuellement, vous chantez le vin...

Allons artiste de la forme et non plus de la pensée, voyons donc si nous réussirons en excitant une mauvaise passion. Vous croyez Miriam pauvre ? elle possède des trésors auprès

desquels tout votre luxe n'est que misère !...
Suivez-moi...

La vieille prit une lampe et se dirigea vers
un enfoncement à l'extrémité duquel commençait un escalier, qui s'enfonçait presque
perpendiculairement dans le sol.

Si Cappara avait pu voir l'infernale méchanceté qui décomposait l'expression de gravité
des traits de Saady, il aurait très-certainement
hésité à pousser plus loin sa noctambule expé-
dition. Mais il voyageait en pleine fantaisie, et
n'était frappé que par l'originalité de la chose.
Il descendit donc derrière la vieille avec cette
seule réflexion...

C'est qu'il allait voir un nouveau spectacle...

Pourtant l'ivresse se dissipait, et parvenu
devant une porte en ogive, massive et profondément quadrillée de ferrures, qu'il fallait
beaucoup de temps pour ouvrir, ce fut presque
avec tout son sang-froid qu'il pénétra dans
une cave immense qui exhalait une pénétrante
odeur aromatique.

— Quelle forte odeur règne ici, Saady ?

— C'est pour détruire l'effet de *l'autre*, répondit la vieille.

— Quelle autre ?

— Oh ? vous ne la sentez pas, celle-là, vous ne pouvez encore la sentir... Mais regardez donc tout autour de vous, monseigneur : n'êtes-vous pas charmé, vous l'incomparable maestro Cappara... Quel bel orchestre, hein ! ne trouvez-vous pas ?

C'est ce que faisait le Florentin, il regardait, il n'était venu que pour cela, mais la vérité est qu'il ne trouvait pas cette seconde exhibition digne de la première.

Les excentricités de cette soirée allaient en s'amoindrissant ; la curiosité s'émoussait ; une moue significative indiquait l'arrivée prochaine de l'ennui.

Cependant, le premier désappointement passé, Cappara, en considérant avec plus d'attention, prit un certain intérêt au décor.

Il était entouré d'instruments de musique,

il y en avait partout, ils s'empilaient, ils s'entassaient dans l'immense cave en enchevrêtrements inextricables. De la voûte au plancher, c'était un désordre de cuivres allongés en interminables trompettes, roulant des spirales entortillées et terminées par des gueules de chimères, se tordant en arabesques incroyables, figurant des gargouilles monstrueuses qui devaient expulser des sons éclatants de leurs ventres bombés.

Le tout était hérissé de hanches, de manches à sculptures fantastiques qui laissaient saillir leurs pointes en dehors de ce fouillis.

La plupart de ces instruments étaient inconnus à Cappara, et ceux qui lui étaient familiers avaient des formes abandonnées par les luthiers modernes.

Tous les animaux de la création étaient grotesquement ou horriblement façonnés, contournés de façon à rendre des sons.

Il y avait des montagnes de musettes, de chiovres, de loures à grosses panses avec de

furibondes têtes de satyres et d'animaux capri-
cants. Des cymbales et des gongs colossaux semblaient gronder sur des lits de cornemuses, de
timbres éclatants, entourés d'un rempart de flû-
tes brehaignes et de grands cornets d'Allemagne.

Il y avait de tout. De grandes trompes et
des nargs mauresques formaient des pyra-
midès avec des cornes recourbées, des olifants
en ivoire fouillé, des cors sarrazins; dans tous
les interstices se fourraient des rebecs, des
violons bâtards à manches maigres, des
flajols, des citoles, des psalterions, des cha-
lumeaux de Blef, des triblères, des Grailes. Le
moindre frôlement produisait une résonnance
au-dessus de laquelle on entendait gémir des
glas lugubres.

Des rangées de lyres, de luths et de harpes,
depuis celles à six cordes jusqu'à celles de
vingt-cinq, formaient d'harmonieuses allées
permettant de se diriger dans le labyrinthe
qui contenait au moins un des représentants
de tous les instruments connus.

—Eh bien ! monseigneur, dit la vieille, que vous semble de ma collection, n'est-elle pas curieuse.

—En effet, mais comment, vieille Saady, as-tu pu rassembler tout cela ? répondit Cappara en se dirigeant vers un grand orgue en ébène noir sur lequel étaient sculptées en relief des scènes de funérailles, et dont le clavier semblait attirer ses mains.

— Un instant dit Saady en l'arrêtant, on ne touche pas à tout, ici !... Ne remarquez-vous point ces tuyaux qui simulent des suaires recouvrant des cadavres raidis ?... C'est l'orgue qui fut envoyé en 757, à Pépin par l'empereur Constantin Copronyme... Je ne vous conseille pas d'en jouer, il tue tous ceux qui l'entendent.

Cappara fit un mouvement dédaigneux.

— Oui, oui, vaniteux Italien, nous verrons bien si tu fais cette mine toute la nuit, grommela Saady. Tenez, beau seigneur, voici des violes, des guiternes, des citoles, avec les-

quelles vous pouvez violer, guiterner, citoler
en toute sûreté... Voici le cor que le paladin
Rolland sonnait à Ronceveaux et dont le son
fut entendu par Charlemagne à sept lieues de
distance...

Vous pouvez souffler dedans si cela vous
amuse... Mais arrêtez-vous donc devant ce
monceau d'instruments, il en vaut la peine...
C'est l'orchestre complet du veau d'or... Vous
vous rappelez ce qui est dit dans le livre de
Daniel :

« Et lorsque tous les peuples eurent entendu
le son des triblers, des frestels, des harpes, des
busines, des psaltries, et de toutes manières
de musique, ils chantèrent des louanges et
adorèrent l'image d'or que le roi Nabuchodo-
nosor avait établie. »

— C'est rare tout cela, seigneur César, c'est
une collection unique, et si elle scandalise
votre foi catholique, voici derrière vous les
tympans et les tambours dont les filles de Sion
s'esliesçaient en leur roy, comme l'indique le

psaume cent quarante-neuf... Faites attention, vous allez écraser cette petite flûte : c'est celle dont jouait ce personnage à la suite duquel tous les enfants de la ville furent se noyer dans la mer de Haarlem !...

— Mais sais-tu que si l'on te croyait il y aurait ici de quoi bouleverser le monde ? dit Cappara en riant.

— Ris, mon fils, ris, murmura la vieille, nous approchons des larmes !...

Tout en parlant il atteignaient l'extrémité de la cave. Arrivés à ce point, la vieille qui marchait devant le jeune homme se mit de côté, et démasqua un enfoncement dont les parois étaient formées d'épaisses lames de plomb. Sur la muraille métallique du fond était appuyé un grand violon. Devant l'enfoncement, des trépieds formaient un demi-cercle d'or et supportaient des cassolettes dans lesquelles brûlaient des parfums d'une odeur suffocante.

A la vue de son instrument favori, Cappara

s'arrêta ; il n'eut besoin que d'un coup-d'œil pour reconnaître que la grande tournure de ce violon indiquait une facture supérieure. Plus il regardait, et plus il lui paraissait incomparablement au-dessus des productions réputées merveilleuses des plus célèbres luthiers.

Probablement Saady devina le désir immodéré qui s'empara du Florentin de posséder cet instrument, car un sourire, peut-être le premier de toute sa vie, tordit sa bouche... et encore était-ce bien un sourire, cette contraction qui dérangea la glaciale tranquillité de ses traits, pour leur donner une expression de cruauté inouïe ?

Cappara ne regardait que l'instrument et fit un pas en avant.

La vieille l'étreignit impérieusement, son poignet était de fer.

— Il faut que vous soyez bien hardi, pour essayer de toucher à ce violon... Avant tout, mon gentilhomme, vous avez dû voir, oh ! oui, vous avez très-certainement remarqué deux choses parmi les objets qui vous environnent : d'abord leur surprenante valeur artistique, et ensuite il n'a pu vous échapper que la plupart de ces instruments sont ornés avec des incrustations de pierres précieuses... Avec les trésors renfermés dans cette cave, on posséderait une fortune princière...

Dans les rues de Moldaw, Miriam n'est que la fille d'une pauvre sorcière ; ici, Miriam est reine d'Egypte... Tout ce que vous voyez compose sa dot et tout cela peut vous appartenir...

— Assez sur ce sujet, dit Cappara, impatienté ; peut-être ai-je tort d'épouser Gertrude, mais, en tout cas, je ne partagerai pas avec votre fille la direction de ses honnêtes sujets... Je suis parfaitement libre de choisir qui il me plaît. Sur ce, laissons Miriam de côté et parlons sérieusement : voulez-vous me vendre ce violon ?

— Ah ! oui, le violon, c'est juste, c'est juste, répéta Saady en grinçant des dents, il n'est pas à vendre.

— Pourtant, reprit Cappara, mordu par une folle envie, si j'en offrais un prix tellement élevé...

— Aucun prix ne pourrait le payer, dit Saady, et d'ailleurs, il ne m'appartient pas. C'est un dépôt qui nécessite, comme vous le voyez, les plus grandes précautions ; sa perfection est d'une telle délicatesse, qu'il faut le préserver du contact de l'air extérieur.

— A qui est-il donc ? demanda le Florentin.

— Hé ! hé ! ricana la vieille, vous faites là une singulière question, singulière, en vérité : il est à un musicien qui produit, je vous l'assure, des effets fort étranges, toutes les fois qu'il en joue.

— Et en joue-t-il souvent ?

— Mais... quelquefois... Pas aussi souvent qu'il le voudrait... Il est limité... Ne vous occupez plus de ce violon, seigneur César, ajouta la vieille, qui ne perdait aucune des impressions de Cappara.

— Ce n'est pas un Stradivarius, pensait le

Florentin, qui observait attentivement l'instrument, ni un Cappa, ni un Guarnerius ; j'ai
pourtant vu beaucoup de violons d'auteurs, et
pourtant je ne saurais donner une signature à
celui-ci. Voyons, vieille Saady, laisse-moi
toucher à ce violon, je le replacerai tout de
suite, je suis curieux d'en entendre le son, il
doit avoir une puissance extraordinaire.

— Bien plus extraordinaire que vous ne le
pensez, répartit la vieille, mais ce que vous
demandez est impossible... oubliez ce violon...
Je n'oserais moi-même franchir ce cercle de
cassolettes.

— Ecoute, vieille, je te couvre d'or, exclama Cappara excessivement animé, si tu veux
me prêter cet instrument pour une nuit...
pour une seule nuit !...

Il faudrait connaître la joie d'un bibliophile à
qui l'on prête un Elzevir, pour comprendre
l'insistance de Cappara.

— Mais, si le propriétaire de cet instrument
vient précisément pendant ce temps-là ? fit

observer la vieille, qui paraissait fléchir.

— Tu l'attends donc, Saady ? Je voudrais bien l'entendre... Mais il ne viendra pas la nuit.

— Oh ! il vient à toute heure.

Et la vieille partit d'un rire tellement strident que ses éclats en faisaient résonner tous les instruments et la cave.

— Pardon ! gracieux seigneur, pardon ! mais vous ne pouvez vous imaginer combien ce que vous dites est drôle ! Il ne m'arrive pas souvent de rire, je vous assure ; et elle claquait des dents... Voyons, vous faites tout ce que vous voulez de moi... mais ne voulez-vous pas revoir Miriam avant de partir ?

Cappara fit un geste.

— Bien, bien, n'en parlons plus... Eh bien ! je consens à vous prêter ce violon pendant toute cette nuit, vous entendez-bien ?

— Je te jure, dit Cappara, de te le rapporter moi-même demain matin, avec la récompense promise.

— Oh ! je ne veux rien, dit la vieille, je suis

toute récompensée, par cette idée du plaisir que
vous allez prendre... Tenez, je vous donne également ce rouleau... c'est un morceau de musique
inédit, fort remarquable... Vous pouvez partir,
monseigneur, le violon sera rendu avant vous.

— Il serait plus simple de me le laisser
emporter, dit Cappara.

— Non pas, dit la vieille, non pas, c'est une
peine que je tiens à vous éviter... je l'enverrai
prendre également... vous ne devez plus revenir ici... Adieu, gracieux seigneur César, ajouta-
t-elle en ouvrant une petite porte à Cappara
qui sortit en hésitant... Bonne nuit, mon fils ;
adieu, Italien maudit, cria-t-elle avec une voix
terrible dès qu'il fut à quelques pas ; adieu, inutile créature, décidée à ne pas nuire, mais sans
volonté pour faire le bien... va-t-en, maudit, *je
te livre aux apparences...* tu ne vois pas le spectre
qui plane au-dessus de la ville, je le vois descendre, moi, il raccourcit son vol concentrique...

Cappara s'enfuit en se bouchant les oreilles
pour éviter ce concert de malédictions.

Après avoir couru quelque temps, le Florentin s'orienta. Ce ne fut qu'avec beaucoup de peine qu'il reconnut l'endroit où il se trouvait. C'était le quartier incendié, cet amas de ruines qu'il avait déjà parcouru une fois ; il le reconnut principalement à son air fétide ; des miasmes infects s'exhalaient de ce cloaque. Ses pieds enfonçaient à chaque instant dans des terrains fangeux qui retardaient sa marche.

Il eut beaucoup de peine à retrouver le bon chemin ; c'était un côté de la ville qu'il fréquentait peu, il s'y égarait en plein jour, à plus forte raison la nuit. Une autre cause vint contribuer à prolonger son séjour dans ce lieu funeste, soit qu'il subît les suites d'une ivresse surexcitée par des périodes furieuses, soit que ce fût la transition subite du passage de cet intérieur de cave fortement aromatisé, aux exhalaisons infectantes qu'il respirait actuellement, Cappara ressentait un malaise qui envahissait tout son organisme.

Son cerveau paraissait principalement engagé, et de légères empreintes vertigineuses lui faisaient voir tous les objets qui l'entouraient avec une apparence de tournoiement. Le contre-coup de ces chocs nerveux agissait sur ses jambes et leur enlevait leur élasticité.

Le Florentin était entamé par les malédictions de la vieille ou par les étreintes premières d'une grave affection morbide. Tous les singuliers évènements de cette soirée tourbillonnaient dans sa tête. Une fantasque transformation de personnages s'opérait dans sa cervelle, Miriam devenait la fille de Mathæus, et Gertrude, habillée en gaze pailletée, passait au travers d'une enfilade de cerceaux sur les places publiques de Florence. Cappara était enchanté de ce changement et conduisait à l'autel sa nouvelle fiancée avec toutes les démonstrations d'une tendresse passionnée.

Enfin, il parvint à dompter ces prodromes fébriles, et retrouva son chemin qu'il parcourut rapidement sans se sentir autrement affecté que par quelques points de migraine qui venaient se poser autour de ses sourcils.

Un peu avant d'arriver chez son oncle, il crut voir se glisser en sens inverse une longue forme qui paraissait dans l'obscurité, avec la tournure presque solennelle de la vieille Saady.

Il était fort tard quand il rentra, Mathæus l'attendait au haut de l'escalier. Les traits du vieux bourgmestre revêtaient une expression de tristesse que l'on remarquait d'autant plus que leur ordonnance habituelle était la joyeuse reproduction d'un sentiment de bonne humeur perpétuelle.

— César, dit-il, mon enfant, je ne veux en aucune façon gêner vos actions, il est 'bien entendu que dans ma maison l'hospitalité doit être exercée sans restriction envers le fils de mon frère.

Cependant, si j'ai regretté votre absence prolongée ce soir, c'est que je désirais avoir avec vous une conversation fort sérieuse. Mais la nuit est avancée, vous devez être fatigué, et nous remettrons à demain, si vous voulez, cette entrevue.

Je serais même déjà couché sans une circonstance qui me paraît assez inexplicable, je vous l'avoue : on vient d'apporter pour vous un grand violon, du moins à en juger par la boîte qui l'enveloppe. Gertrude l'a porté dans votre chambre.

On a remis également un rouleau et une petite clef destinée à ouvrir la caisse de l'instrument. Vous trouverez tout cela dans votre chambre. Allez reposer, mon enfant, et n'oubliez pas demain que je compte faire une longue promenade avec vous.

Le bon vieux homme se retira plus rasséréné, et Cappara, tout joyeux, gagna à grandes enjambées sa chambre, qui était à l'extrémité du corps de logis.

— La vieille m'a tenu parole, marmottait-il en ouvrant sa porte avec précipitation ; ce diable de violon m'intrigue au dernier point !

Tout était bien comme le lui avait indiqué son oncle, le rouleau et la petite clef sur une table près de son lit, et la caisse en bois d'ébène allongée près de la croisée.

Cappara ne s'arrêta pas à examiner la forme de cette caisse, qui affectait cependant une remarquable ressemblance avec certains objets de six pieds de long, pentagones et construits ordinairement en sapin.

Il l'ouvrit impatiemment, écarta un crêpe noir et regarda curieusement.

C'était bien ce singulier violon qu'il avait remarqué chez la vieille Saady, derrière ce rempart de cassolettes enflammées. Il souleva l'instrument avec de minutieuses précautions, le dégagea de son matelas de velours noir, et s'approcha de la lampe pour l'étudier attentivement.

Mais les connaissances de Cappara, et elles étaient étendues sur tout ce qui distingue les *violons d'auteurs*, lui devinrent inutiles en face de celui qu'il considérait.

Il lui fut impossible d'attribuer à aucun des plus célèbres luthiers connus ce parangon des instruments à corde. Jamais Crémone, jamais Padoue n'avaient vu sortir de leurs savantes fabriques un alto d'une forme plus pure et en même temps plus étrangement charpenté.

Toutes les conventions de construction étaient inobservées dans cet instrument. Ce n'étaient ni l'érable, ni le sapin, ni l'ébène, qui entraient dans sa composition, mais un bois complètement inconnu à Cappara.

Au bout de quelques minutes il eut à constater un fait assez désagréable, c'est que ce bois répandait une odeur... mais une odeur

qui devenait d'instant en instant plus pénétrante à mesure qu'on l'agitait.

Le Florentin ne s'aperçut pas tout d'abord
de la provenance de ce méphitique arôme. Il
tournait et retournait l'instrument, fort surpris
de son étonnante sonorité. Il suffisait du
moindre frôlement de la main sur les tables
pour déterminer une vibration qui parcourait
des gammes d'intonations singulièrement
plaintives.

L'odeur qui s'échappait fixa enfin son attention et excita en lui un dégoût dépassé bientôt par la surprise quand il reconnut que cette
atroce odeur n'avait d'autre foyer que le violon lui-même.

Il voulut néanmoins en connaître le son
et chercha l'archet. Il n'y avait pas d'archet
dans la caisse et le sien était resté dans une
des pièces du bas. Avant de reposer l'instrument il pinça la corde de sol, le bourdon...
un grondement féroce, une sorte de mugisse-
ment continu et d'une gravité de notes basses

comme en produisent les grands déplacements
d'air, les convulsions atmosphériques, emplit
aussitôt la chambre et s'éteignit comme un
râle profond. En même temps le bourdon
cassa net avec un bruit égal à la détonation
électrique et cingla d'un violent coup de fouet
la face de Cappara.

Il voulut attaquer la chanterelle, mais à
peine avait-il posé le pouce sur la corde qu'elle
rompit et se retira en entaillant la chair. Une
assourdissante gerbe de sons criards éclata
subitement et fit résonner autour de l'Italien
tout étourdi une succession de hurlements qui
se terminèrent par des cascades de petits rires
aigus fort étranges à entendre.

Mais l'odeur ne pouvait plus se supporter :
c'était une horrible exhalaison.

Cappara remit décidément au lendemain une
plus longue étude de l'instrument... Il réfléchissait tout en le replaçant dans la caisse que l'irrésistible désir qu'il avait éprouvé de posséder
ce violon n'était pas une mauvaise inspiration.

Les qualités de son qu'il lui découvrait étaient réellement étonnantes, merveilleuses... Son origine seulement paraissait s'entourer d'un mystère impénétrable... Ce n'était pas précisément un violon, ce n'était pas non plus un rebec... Il participait de ces deux formes et semblait réaliser le dernier mot de l'art du luthier.

En le rétablissant dans sa caisse, Cappara choqua un peu fort le bouton du cordier... Tout l'instrument vibra et se contracta comme si chaque fibre ligneuse avait été un nerf doué de sensibilité. Ce fut une série de gémissements à fendre l'âme, d'intonations épouvantables comme les sifflements du vent dans un long corridor.

Le Florentin, très-surpris, ferma la boîte et se plaça quelque temps à sa fenêtre pour rétablir l'air vital qui manquait dans sa chambre et se remettre lui-même d'un malaise indéfinissable.

En regagnant son alcôve, un vertige, un

éblouissement le fit chanceler, et il put à peine se déshabiller entièrement pour se mettre au lit.

En face du lit de Cappara, il y avait, accroché à la muraille, un cadre en chêne sculpté représentant une gravure allemande d'une composition singulièrement sauvage et terrible.

C'est une scène de bal masqué. La salle n'offre comme décoration aucun aspect réjouissant. Ce sont de lourdes murailles solidement élevées par des rangées de pierres de tailles énormes et qui paraissaient suinter l'humidité. Un grand quinquet triangulaire placé dans un fond voûté éclaire bien certainement la scène, puisque toutes les parties de cette gravure sont parfaitement visibles, mais l'éclaire lugubrement.

Ce devait être le démon de la perversité qui inspirait l'artiste quand son imagination a pu concevoir et exécuter un pareil sujet... Il y a dans la netteté avec laquelle chaque trait est accusé, une sécheresse, une âpreté de contours, qui ne pouvaient s'obtenir que sous l'inspiration d'une incontestable méchanceté.

L'artiste ne gravait pas, il fouillait, il mordait l'acier avec des coups de burin incisifs, implacables. Au fond de la scène, des musiciens épouvantés abandonnent l'orchestre, et se sauvent avec des attitudes rampantes, raccornies, et l'expression d'une terreur bestiale, irraisonnée, que rien ne pourrait adoucir.

Les personnages, revêtus de divers costumes grotesques, se tordent et expirent sur le devant du tableau, et laissent entrevoir sous des masques bouffons des visages dont la contraction cadavérique est réellement terrifiante. Le dessin convulsif de ces mourants est attaqué avec une largeur et une énergie de composition que peuvent rendre seuls la volonté exprimée par un talent de maître.

C'est un étrange tableau, propre à donner froid aux organisations nerveuses.

Le personnage principal, la cause de cet
effet, se dresse au milieu de la salle de bal
et domine tous les groupes avec une contenance et une autorité superbes : c'est un
squelette.

Il est drapé avec un art incroyable dans
un suaire arrangé avec une telle science que
chaque protubérance de ce nu tout particulier détermine des plis anguleux ; des arêtes
de vives lumières contournent géométrique-
ment de grandes ombres portées par l'étoffe,
qui cède partout sous l'absence de la chair.
Et tout cela sans maigreur.

Cette figure s'élève avec une grandeur
d'allure imposante, elle domine, il faut la
regarder. On ne pourrait, après un coup d'œil,
détourner la tête, ne s'arrêter à une autre
partie du tableau : il faut regarder la figure,
elle attire... elle commande ! La conception
est admirablement rendue, le contraste est
saisissant : ce qui devrait vivre, ce qui devrait
égayer l'esprit, est mort et éveille des idées

épouvantables ; ce qui devrait être mort,
ce qui devrait être recouvert à jamais du man-
teau terrestre, possède toute l'apparence de
la vie, et de la vie heureuse.

C'est une gravure réellement fort curieuse.

Ce squelette, dans une attitude pleine
d'abandon, laisse mollement, négligemment
onduler le raide échafaudage de ses os. Il
danse doucement en jouant du violon...

La tête de mort voluptueusement penchée
sur l'instrument sourit avec une malice dou-
cereuse et semble savourer la satisfaction qui
s'empare de quelqu'un qui vient de commet-
tre une excellente plaisanterie. Il n'est pas
seul. Derrière lui, un de ses semblables est
assis.

Ce dernier, un inférieur évidemment, n'a
pas le *facies* spirituel de l'autre. Il a cette
rigidité, cette impassibilité banale des squelettes et des domestiques. Il est glacial, sépulcral, enveloppé dans son suaire comme dans
un sac ; il tient dans la main droite une

discipline à branches métalliques, et demeure
accroupi, ramassé près de l'escalier de sortie,
dans lequel personne ne peut s'engager sans
passer à la portée de son bras.

Au bas de cette gravure est un mot expli-
catif, un seul, en allemand. Il est inutile d'en
donner la traduction, elle se compose de syl-
labes étranges et dont l'énonciation seule est
une excitation à la terreur !

C'est ce que pensait Cappara, qui regardait
fixement cette gravure, tout en attendant
inutilement le sommeil qui ne devait pas
venir ! Divers motifs ne lui permettaient
plus de reposer. D'abord l'augmentation
inquiétante des symptômes qui le tourmentaient déjà depuis une heure.

Un frisson, général maintenant, parcourait
tout son épiderme et se massait principalement aux extrémités qu'il glaçait.

Puis, les détails de sa visite chez Saady
se reproduisaient à cette heure silencieuse,
et se groupaient dans sa mémoire avec une

fidélité minutieuse. Il ne pouvait repousser loin de sa pensée le souvenir vivant des moindres incidents. Tout ce que lui avait dit la vieille semblait se dérouler actuellement dans sa tête, phrase par phrase, mots pour mots, comme ces réminiscences musicales qui s'emparent de vous avec une persistance monotone.

Toute la rigoureuse logique du plus simple bon sens ne suffisait pas à chasser cette préoccupation. Il avait beau se représenter la grossièreté des moyens employés pour agir sur son esprit, la vérité ne lui apparaissait pas derrière l'appareil fantasmagorique.

Dans tout cela, il comprenait bien la mise en scène du plan conçu par la vieille Saady pour lui faire épouser sa fille : les meurtriers du *Grand roi de Thunes*, le tableau séduisant qu'offrait Miriam étendue sur sa pittoresque couche, la collection musicale de la cave, tout cela était clair, limpide, tout, jusqu'à l'argumentation d'une métaphysique si fantasque employée par la sorcière.

Cappara considérait ces divers moyens
comme assez grossiers ; cependant la raison
de certaines particularités lui échappait com-
plétement : ainsi, ces parfums répandant leur
pénétrante vapeur autour de cet instrument
actuellement à sa disposition ; la réponse de
la vieille : « Ces odeurs, avait-elle dit, sont
destinées à neutraliser l'*autre*... » L'autre !...
Quelle autre ?... Etait-ce cette funeste exhalaison dont la chambre était encore impré-
gnée ?... Cette circonstance inexplicable fit
surgir dans sa tête un ordre de réflexions
d'autant plus obscures, que son cerveau et
ses oreilles cherchaient en même temps un
problème.

Malgré l'uniforme ténacité qui s'établissait
dans la nature de ses idées, il écoutait involontairement un petit bruit continu qui
s'élevait autour de lui depuis qu'il était couché,
c'était une sorte de bourdonnement comme
en produisent les élytres des très-gros insectes.

Ce bourdonnement augmentait sensiblement, mais, comme l'état maladif du Florentin allait toujours en empirant, il s'imagina que le sang affluait à ses tempes et causait seul, outre ce bruit, l'indécision qui se manifestait dans sa vue et le trouble qui s'amoncelait dans sa tête.

Pour chasser ces inquiétudes, il prit machinalement le rouleau placé sur sa table de nuit avec l'intention de déchiffrer le cadeau de la vieille. Ce nouveau manuscrit offrait une disposition originale. Sur un parchemin à fond noir, des raies blanches figuraient les portées, et les notes de musique, parfaitement distinctes, se détachaient sous la forme de larmes blanches.

Le Florentin ne put s'empêcher de sourire en considérant ce complément de tous les faits précédents, il essaya en vain de comprendre quelque chose à cette composition si bizarrement notée, et, brisé par cet effort, il laissa avec indifférence échapper le parchemin, qui demeura sur la couverture.

Une chose singulière, c'était l'inertie pas-
sive de l'Italien en face des avertissements
multipliés qui lui étaient donnés par les
premières atteintes du fléau terrible qui allaient
bientôt causer la dissolution de son être. Les
traits déjà gravement altérés, les yeux dilatés
et obscurs, le corps glacé et frémissant sous
un tremblement convulsif, Cappara était presque gai !... Il croyait à un refroidissement,
à toutes sortes de malaises, devant inévita-
blement céder au long sommeil qu'il espérait
subir. Il était resté de même insensible aux
pressentiments d'une autre nature, révélation
suprême d'affections invisibles qu'il avait
imprudemment repoussées.

Patience ! la terreur allait bientôt venir...
Excitée par l'infernal cortége des malédictions de Saady, elle se tenait près de ce lit,
toute prête à annihiler par son souffle glacé
les éléments déjà affaiblis de la solide imagination du malheureux jeune homme.

Mais le bourdonnement augmentait... il

augmentait toujours... C'était devenu un ron-
flement semblable au bruit que ferait une
vaste flamme par un froid sec... César, qui
écoutait avec une intention intense, qui
n'avait cessé un seul instant d'écouter, eut
un tressaillement et sentit sa poitrine gon-
fler... le bruit venait de la boîte !

Par un suprême effort de la volonté, le
corps obéit : Cappara bondit sur la boîte pen-
tagone, l'ouvrit d'un violent coup de pied et
crispa ses deux mains sur le manche de l'instrument, qu'il arracha de son enveloppe.
Puis, sentant ses jambes fléchir, il se traîna
à grand'peine, en s'aidant du violon, et se
laissa retomber sur son lit, où il éprouva un
court évanouissement.

En revenant à lui, la première chose qu'il
vit, ce fut le violon... mais c'est ce qu'il désirait, il voulait voir.

Personne n'aurait rien compris à l'expression d'angoisse qu'exprimait la figure de
Cappara en regardant le violon. Il considérait

attentivement le manche sur lequel des écailles étaient sculptées et qui se terminait par le chef recourbé d'un serpent à sonnettes.

La tête de bois était imitée avec une telle habileté, qu'elle paraissait vivante et semblait étudier celle de l'Italien avec non moins d'attention qu'il en mettait lui-même. Deux diamants incrustés dans les yeux de cette sculpture lançaient des lueurs à chaque crépitement de la lampe.

Le regard de Cappara était immobile : mais ce n'était pas cette faculté qui était chez lui la plus surexcitée. Toutes les dernières forces qu'il possédait étaient absorbées par l'audition… Il écoutait avec tout son être et n'entendait que deux bruits : celui des battements de son cœur et celui de l'*âme* du violon, car c'était bien de ce dernier que partait l'étrange résonnance qui avait éteint toutes les autres préoccupations.

Il n'y avait pas à s'y tromper : il s'exhalait de l'instrument des séries de gémissements lamentables, de plaintes d'une tristesse navrante... à moins pourtant que ces sons ne fussent les bruits de l'autre monde, se faisant déjà entendre aux oreilles de cet homme qui allait mourir.

Or, voici ce que le Florentin écoutait si attentivement, voici ce qui arrêtait pour un moment les spasmes convulsifs du mal et lui donnait l'immobilité de la pierre. Le violon parlait !

Cappara entendait-il réellement parler le violon ou n'était-ce qu'une ironique manifestation du délire qui commençait à s'emparer de lui ? c'est ce qu'il est impossible de déterminer. Toujours est-il que pour le Florentin l'instrument éclatait en vibrations furieuses et agonisantes, et chacune de ces vibrations modulait de musicales imprécations, possédant un sens parfaitement compréhensible pour Cappara. Un rapport intime d'une complète lucidité s'établissait entre la langue que parlait l'instrument et l'intelligence de l'Italien.

— Misérable ! sifflait le violon en faisant
onduler son cou de serpent, misérable, il faut
que tu sois un drôle bien osé pour t'être
permis de poser tes doigts de brute sur mes
cordes ! Tu m'as horriblement blessé avec tes
attouchements grossiers, et je souffre encore
de tes atteintes, moi dont les résonnances
sont mortelles... Qui t'a permis de me toucher,
toi qui n'es pas seulement initié à l'alphabet
de la vraie science ? Qui t'a autorisé à me tirer
de mon repos avant que les temps soient
arrivés ? Sais-tu quelle somme incalculable de
désespoir tu vas soulever par cette hardiesse
que tu paieras de ta vie actuelle ?... Sais-tu
qui je suis ! Je suis l'âme de tous les instruments à corde... Je suis le son même, d'où
partent toutes ces vibrations funèbres dont les
mélodies lugubres font rêver les mortels et les
prédisposent au spleen !... Je suis le son fatal.
Quand il arrive dans vos instruments ridicules,
il est brisé, assourdi, approprié à vos chétives
organisations par une volonté suprême et ne

vous cause alors qu'une douleur morale, un sentiment de tristesse, une légère contraction nerveuse...

Mais quand je résonne moi-même, lorsque mon maître mord avec son impitoyable archet les nerfs qui enveloppent mon âme, alors vous ne pouvez supporter la redoutable commotion qui déchire les airs, et votre existence violemment chassée de votre corps s'échappe avec des douleurs horribles !...

— Son maître !... murmura Cappara, qui haletait ; son maître !... Est-ce que ma raison fait place aux pensées de la folie ?... J'entends parler un violon !...

De la tête de l'instrument s'échappaient des sifflements aigus et prolongés qui se traduisaient ainsi pour le Florentin :

— Fou ! comment ! fou !... Vous voilà bien, vous autres, vous accusez la sagesse de votre raison quand vous ne comprenez pas, vous n'admettez pas que vous ne *puissiez pas* comprendre... Non, Cappara, tu n'es pas

fou !... Tu m'entends très-bien... Ecoute, je
t'ai parlé de mon maître, eh bien ! tu vas le
voir, ta curiosité va être satisfaite ; tu vas
entendre ce que peut tirer de moi un musicien
sérieux : mon maître arrive... Il vient !... je
le vois... Lève les yeux, tu le verras également.

Cappara, qui baignait dans une sueur vis-
queuse, obéit machinalement et vit à travers
le brouillard qui s'épaississait devant son
regard, — ou crut voir, car en vérité qui
pourrait décider si ce fut une apparition ou
une hallucination ! — quelque chose d'une
horreur tellement incisive, qu'il ferma les yeux
immédiatement et songea sérieusement à
lutter contre ce mal subit qui le livrait à
toutes les capricieuses créations qu'enfante
le délire. Il resta ainsi un temps, tendit tout
son être à redevenir lui-même, et quand il se
crut plus calme, plus maître de lui, il rouvrit
les yeux !

Il ne les referma plus qu'une seule fois, et
ce fut pour toujours.

Cappara se sentit perdu. Peut-être n'admit-
il pas comme réalité ce qu'il voyait, mais il
crut à la désorganisation de son cerveau. Et
comment ne pas y croire ? L'italien, les yeux
rivés sur la gravure placée en face de son lit,
voyait lentement s'allonger les deux squelettes,
puis grandir encore, grandir toujours, jusqu'à
ce que leurs pieds touchassent à terre !

Ils atteignirent la stature d'hommes d'une
taille très-élevée, se détachèrent en ronde-
bosse de la muraille et vinrent se ranger de
chaque côté du lit du Florentin.

Le premier glissait en cliquetant ses os
avec une incroyable désinvolture, et Cappara
entendait les craquements secs qui résultaient
des chocs. Le second, rigide comme la pierre,
s'était assis dans la ruelle du lit.

Et Cappara anéanti par la somme de terreur
qu'il éprouvait ne savait lequel lui inspirait le
plus d'épouvante : ou cet ironique danseur,
ce hideux personnage magnifiquement drapé
dans un linceul et dont la tête de mort grima-

çait un sourire d'une infernale cruauté, ou cette horrible figure, ce crâne sans expression dirigeant implacablement ses deux trous sur son regard et armé de cet inexplicable martinet d'acier.

Celui qui décrivait sur son suaire des courbes d'une si voluptueuse morbidesse s'était emparé du violon et s'occupait. à le mettre d'accord.

Sous sa puissante main , l'instrument obéissait et grondait des sons terribles. C'étaient des mugissements comme en produirait l'arrivée de la mer, si par un cataclysme, une perturbation dans l'équilibre des pôles, elle venait à se déplacer.

Quand il fit grincer l'archet sur les cordes qui se tordirent à ce contact, ce fut un sanglot immense, desespéré, modulé par des cris où toutes les douleurs avaient leur expression !

— Ah ! râla le malheureux jeune homme, la mort !

— Imbécile, prononça sourdement la figure

qui arrêta son archet, la mort !... Je ne suis pas plus la mort que la chair qui recouvre tes os n'est la vie !... Je suis un assemblage de phosphate de chaux, tout simplement.

Perds donc cette habitude pédantesque de stygmatiser les choses. Que veux-tu dire avec ta mort ? Est-ce que la mort telle que tu la comprends peut exister ? Est-ce que quelque chose peut devenir rien ? Je suis un squelette, une pièce montée si tu veux, ainsi que mon confrère !

— Un squelette qui parle et qui joue du violon, pensa Cappara, quelle horrible vision !

— Ah ! oui ! répliqua la figure, j'avoue que j'appartiens à une société que tu as peu fréquentée... Tu t'y feras... Pauvre sot ! tu ne vois pas que tout ceci n'existe que dans ton imagination !

Nous ne sommes que des apparences ; tu pourrais te lever et marcher droit sur moi que tu ne trouverais que le vide.

Pendant qu'il disait cela, Cappara entendait parfaitement cliqueter les os.

— Rappelle-toi la malédiction de la vieille, elle a commandé, elle t'a voué aux apparences : eh bien ! nous sommes venues !... C'est la peur, la stupide peur que tu éprouves qui te livre à moi... J'entends le claquement de tes dents... Voyons, ne trembles pas ainsi, idiot, nous ne sommes que les domestiques de Saady... jolie livrée, hein ?... Non... tu ne crois pas cela... Eh bien ! écoute, je vais te dire la vérité... Je suis la *peste* !... cette divinité aux ailes noires qui se manifeste aux mortels par la large et funèbre moisson qu'elle prélève parmi les nations.

(En ce moment la figure armée de la discipline leva le bras et cingla un coup sur l'estomac de Cappara, qui poussa un cri de douleur.)

Le danseur reprit : Plusieurs instruments me servent pour accomplir ma mission, et déterminer dans les centres des populations les diverses épidémies : la fièvre jaune, le vomito nigro, la peste noire, etc. Car il est bon de varier... l'uniformité est banale...

Ce violon que tu as tant tenu à posséder, c'est le choléra !... Lorsque je joue de cet instrument, chacune de ses vibrations s'étend à l'infini et porte au loin des arômes empestés qui ne peuvent disparaître que par l'aspiration humaine... Je vais te jouer un air sur ce violon et tu entendras de la musique rare... des mélodies comme vous n'en produisez pas, vous autres, qui avez la prétention de créer par vous-mêmes, au lieu d'étudier la création !

As-tu jamais écouté la musique de la nature ? As-tu jamais pensé, lorsque tu comprimais ton cerveau, à chercher la composition imitative de la tempête ? As-tu pensé à noter les bruits de ces furieux ouragans, qui en effleurant dans leur course rapide les aspérités de la terre font résonner les airs de déchirements prolongés, de hurlements qui semblent chanter l'agonie de la terre ? As-tu noté les bizarres

caprices du vent, lorsqu'il siffle sur cette
multitude de cordages de différentes gros-
seurs qui transforme les navires en gigantesques harpes éoliennes ; as-tu jamais pensé
à tout cela, orgueilleux imbécile... non... tu
as préféré chercher dans ta cervelle... Vous
croyez tous posséder quelques parcelles de la
puissance créatrice...

Ecoute, musicien ridicule... écoute ce que
je vais te jouer... c'est de la musique vraie,
du réalisme fourni par vous autres !... Ce ne
sera pas un chant d'amour, composé avec le
doux murmure des ruisseaux, les mélodieux
bruissements du zéphyr et les cris de bonheur... non... ceci n'est point mon genre de
talent.

Je vais te jouer le morceau qui se trouve
sur ton lit, le cadeau de Saady... C'est moi qui
l'ai composé... j'ai eu l'occasion d'en étudier
fort souvent les différentes parties : c'est un
De Profundis écrit après avoir noté soigneusement les différents râles de ceux de vos

semblables qui meurent de mort violente ! Ce sont toutes les diverses imprécations, malédictions, cris de rage des misérables en proie à toutes les tortures !... Ecoute, tu vas en juger...

Nous renonçons à faire la description de ce que Cappara entendit ; ce devait être quelque chose comme les derniers avertissements des trompettes de l'Apocalypse. Tout en écoutant, le misérable voyait et sentait l'horrible figure assise dans la ruelle, lever incessamment le bras, et le châtier à coup de discipline.

De larges taches noires commençaient à marbrer tout son corps. Ses yeux, encavés maintenant dans leurs orbites, ne voyaient plus distinctement que l'épouvantable apparition. Son esprit, lucide seulement pour comprendre ce que lui disait l'infernal démon qui se balançait à sa gauche, perçut les dernières paroles suivantes :

— Tu vas mourir, Cappara... Perds toute espérance... Nous allons composer dans quelques heures avec ton reflet, ton image, une espèce de créature sans cœur, masculine, d'une forme magnifiquement belle et attractive... Comme intelligence, tu posséderas de puissants appétits matériels, un égoïsme développé de façon à ne reculer devant rien pour les satisfaire, et tu joueras le rôle d'un Don Juan féroce, riche, méchant et hypocrite.

Nous avons besoin de cette sorte de gens pour pousser au désespoir les natures affectueuses. Il n'en manque pas d'incomplètes, c'est vrai ; c'est une justice à rendre à l'humanité : mais nous en avons peu d'aussi parfaitement beaux et d'aussi sottement infatués de leurs personnalités que tu vas l'être.

En ce moment, un cri surhumain s'échappa de la poitrine de Cappara, dont tous les membres se tordaient dans d'affreuses convulsions, et la porte, heurtée précipitamment depuis quelques secondes, céda enfin à la pression vigoureuse de Mathæus, suivi de Gertrude, qui avait cru entendre quelques

gémissements, et s'était levée pour aller pré-
venir son père.

Tous les soins et toute la vivacité, les
secours furent inutiles : Cappara expira vers le
matin, après avoir supporté d'atroces souf-
frances, et dans ce singulier moment de calme
qui précède la mort, il obéit à une étrange
impulsion qui le poussait à raconter les
étranges visions qui signalèrent les premières
phases de son délire.

Dès le lendemain, l'épidémie s'abattait sur
la ville de Moldaw, choisissait Gertrude pour
seconde victime, et enlevait dans la plus forte
intensité de ses ravages presque tous les habitants du quartier bohémien.

Après ce récit, sir John pencha la tête et parut absorbé par un monde de réflexions.

— Eh bien ! et ce collectionneur maigre, ce Sosie de Mathæus, quel est-il et qu'est-il devenu ?

— Permettez-moi, par des raisons de haute convenance, de vous taire son nom, répondit sir John, sachez seulement qu'à partir de sa visite chez Mathæus, il dépérit assez promptement, rongé par une mystérieuse maladie de langueur rebelle à toutes les investigations des plus savants médecins, et que six mois après il mourut à Nice.

Pendant les derniers moments de sa vie, il cherchait encore avec une incroyable obstination à reconstituer l'ensemble de ce morceau de musique trouvé chez le bourgmestre de Moldaw. Mais toutes restaurations furent vaines : il ne put seulement parvenir à déchiffrer les derniers vestiges du parchemin noir.

Mais tenez, avez-vous le temps, continua sir John, en tirant de son curieux coffret une petite main de porcelaine blanche, voici la main droite de la poupée de Gontran ?

— Voyons la poupée de Gontran !

LA VENGEANCE

DE

LA POUPÉE

LA VENGEANCE

DE

LA POUPÉE

———

Certes, personne dans la ville n'aurait osé émettre cette opinion, que Goutran fût un garçon à ne pas être fréquenté.

Personne !

Et cela, non par manque d'audace, ou par timidité craintive, mais par une sorte d'obéissance intime aux injonctions de la conscience,

par un intraduisible sentiment de respect hu-
main qui faisaient instinctivement sentir à
chacun que contre ce sujet, la calomnie aurait
été plus qu'odieuse, elle eût été ridicule et
inutile.

De la calomnie gratis, cela ne s'emploie pas
dans les centres restreints des sociétés civi-
lisées.

Dans la petite cité flamande où nous trans-
portons le lecteur, Gontran n'avait point de
dettes, il se couchait tôt, se levait de même,
passait laborieusement les heures de la journée et n'allait jamais à la brasserie.

Seulement, la vérité est qu'il n'était pas
sympathique !... On le recevait, mais on ne
le recherchait pas ; on répondait à son extrême politesse, mais on y répondait sans
bienveillance.

Les plus réservés se hasardaient à faire
observer que les manières généralement
froides et un peu hautaines de ce jeune monsieur Gontran, étaient peut-être la cause du

singulier effet de congélation que l'on ne pouvait s'empêcher de constater dans l'expansion
ordinaire de tous.

Le fait est que Gontran n'était pas dix
minutes dans une compagnie quelconque sans
produire involontairement un phénomène
que chacun subissait sans s'en rendre
compte : *Le silence*. La conversation la plus
animée, la plus joyeusement bruyante tombait d'elle-même et s'éteignait comme ces
vibrations de cristaux heurtés, au contact du
doigt.

Tout le monde se taisait. La présence de
Gontran suffisait pour paralyser la parole. Les
regards se cherchaient quelques instants, puis,
embarrassés lorsqu'ils se rencontraient, ils
finissaient par se fixer sur le jeune homme
qui, troublé, lui aussi, par l'effet de sa glaciale influence, se retirait bientôt sous le premier prétexte venu.

C'était dans la constation de cet effet mutuel
que résidait la formule du problème.

Pourquoi, se demandait-on , ce garçon n'était-il pas comme les autres ?

Il n'inspirait pas à proprement dire de la répulsion (rien ne la justifiait), mais l'attraction chez lui était négative. On se sentait gêné par sa présence... On, est ici pour la plupart, car le cas de Gontran n'était pas sans ses exceptions.

Il avait quelques amis qui, par un contraste naturel, lui étaient sincèrement et absolument dévoués.

Il n'est pas possible de dire que ceux-ci prenaient sa défense, car il n'était pas attaqué. Mais ils colportaient partout son éloge avec une abondance expansive, une fraternelle chaleur d'élocution qui n'excitaient point de contradictions ; tout cela était accepté avec la même froideur que le personnage lui-même.

Leurs efforts ne produisaient pas la réplique. Les auditeurs écoutaient patiemment, puis, comme d'un commun accord, causaient d'autre chose, laissant les braves jeunes gens tout dépités, tout découragés de voir que personne ne ressentait ce qu'ils éprouvaient si bien eux-mêmes.

Que pouvait-on reprocher à Gontran ?

Il était jeune, de cette belle et fraîche jeunesse que prépare l'adolescence... Pour ses intimes, il était richement doué de ces inépuisables qualités de cœur qui provoquent l'affection solide, franchement confiante.

C'était plus qu'un bon garçon, c'était un garçon plein de bonté, d'indulgence, de délicat honneur. Sans pédantisme, ignorant l'art de se faire valoir, il marchait dans la vie la tête haute, le pas ferme, et suivant d'intuition cette sage ligne droite, qu'aiment à parcourir les gens aux puissantes pensées morales.

Il évitait les vicieux écarts sans efforts, et passait simplement à côté des différentes formes dont se revêtent les séductions matérielles, avec une quiétude qui révoltait les viveurs de l'endroit.

Comment donc une individualité aussi inté-

ressante pouvait-elle récolter autant d'indifférence sur son passage ?

Il fallait en rechercher la cause dans son
aspect extérieur... C'était bien là, en effet, le
motif du vide qui s'élargissait autour de lui.

Gontran possédait, sans conteste, la stature
et les lignes sculpturales qui font de la créature ce que les femmes appellent un bel
homme et les dames un joli garçon ; ce point
était acquis sans discussion et tombait sous
l'appréciation du plus grand nombre, mais ce
que l'on ne concevait plus, c'était l'impassibilité de cette austère physionomie.

Gontran ne riait jamais... et la correction
immuable de ces traits sévères, que les acci-
dents des relations ordinaires ne pouvaient
déranger, passait pour une expression dédaigneuse, une fierté inconvenante de la part
d'un jeune homme aussi peu posé.

Et cependant, pour quiconque aurait su lire
dans le secret de cette âme, l'expression de
ces deux yeux superbes n'indiquait aucune

intention hostile... Plutôt sérieux que durs, leurs paupières se relevaient lentement, sans hardiesse. Ils étaient réellement tristes et ne lançaient jamais de ces éclairs qui révèlent les esprits dominateurs.

Un point très-remarqué, c'est que leurs regards étaient vagues... On cherchait vainement ce qu'ils pouvaient fixer et beaucoup de susceptibilités s'étaient trouvées blessées en ne réussissant pas à servir de but à leurs rayons visuels.

— Il ne regarde jamais les gens en face, disaient les irascibles, il répond oui, il répond non, et cela avec une nonchalante indifférence fort blessante pour ceux avec qui il se trouve... Il a toujours l'air de penser à autre chose qu'à ce qu'on lui dit et de répondre par complaisance... Qu'il reste chez lui ce monsieur si notre conversation n'est pas à la hauteur de son esprit... Et au bout du compte, qui est-ce donc, pour affecter une forme aussi méprisante ?... Un jeune homme, un artiste que le

conseil de nos échevins a fait venir pour res-
taurer les sculptures de notre église !... Maintenant il travaille et sa conduite est sans
reproches, c'est possible, mais ce n'est pas une
raison pour qu'il cherche à nous humilier,
nous le valons bien après tout.

Voilà ce que s'étaient répétés à satiété les
bourgeois de la ville pendant toute une année.

Quant aux jeunes gens, leur opinion sur
Gontran était encore plus accentuée. Il leur
était franchement antipathique !

— C'est un sournois, s'écriaient-ils, un hypocrite, il ne va jamais à la messe, c'est vrai,
mais c'est égal, il pose en modèle vertueux
ou il a soixante-dix ans, c'est tout comme.

De toutes ces choses, le pauvre Gontran ne
se doutait pas plus qu'une taupe du soleil.

Il était ordinairement trop absorbé, trop
concentré pour s'apercevoir de l'impression
qu'il produisait, et l'opinion publique avait,
il faut en convenir, une apparence de justification. Ce grand et pâle jeune homme marchait

dans la ville comme dans un cloître, et il fallait que la préoccupation intime qui le dominait, fût bien enfoncée au plus profond de son intérieur et méritât son attention exclusive pour qu'il ait pu parvenir à s'isoler ainsi au milieu du monde.

Les mélancoliques n'exercent aucune action sur les masses. Les grandes douleurs qui s'étalent, trouvent volontiers des consolateurs enchantés de rencontrer un prétexte, qui leur permette de s'ériger pompeusement en complaisants sermoneurs des lieux communs qui se débitent en pareil cas.

Mais les chagrins qui se cachent, qui se renferment avec un sentiment de douloureuse jalousie, offensent le vulgaire.

C'est une question d'amour-propre partagé par la généralité de la banalité humaine. Ce qui ne peut être compris que par un petit nombre de natures d'élite, excite la malveillante envie du commun des hommes.

C'était là la véritable situation de Gontran.

Cette sombre mélancolie qui le rongeait, et qu'il promenait partout avec lassitude, restait intraduisible, car, toutes les affectueuses tentatives de ses amis destinées à provoquer timidement une fraternelle confidence, étaient demeurées sans résultat.

Il était donc bien seul en effet, bien abandonné, et rien ne pouvait le défendre contre les horribles envahissements de la hideuse maladie noire qui s'emparait insensiblement de son cœur et de son cerveau.

Le jour où commence ce récit surtout, les progrès de la dévorante affection semblaient être parvenus à l'apogée de leur sinistre mission.

Ce jour-là, Gontran était évidemment brisé par les étreintes d'un désespoir navrant.

Le corps ployé dans un fauteuil, les doigts étroitement crispés par une contraction nerveuse, il contemplait avec une fixité rigide les transformations incandescentes de son foyer.

De grosses larmes, dans lesquelles se reflétaient comme de fébriles petites langues de feu, les folles agitations de la flamme, descendaient lentement le long de ses joues en laissant derrière elles un large sillon.

Et le travail destructeur de ce feu pétillant creusait moins cruellement les cercles concentriques du bois, que les ténébreuses infiltrations de l'implacable douleur qui étouffait l'âme de ce jeune homme.

Assis de l'autre côté de la cheminée, un de ses amis lui faisait par son attitude un triste pendant.

Cet état de choses était incompréhensible, car ce jour, le 17 décembre de l'année 18.., aurait dû être célébrée entre toutes les dates, comme une des plus heureuses. Du moins, un jour de mariage est considéré ainsi, et Gontran se mariait... Il épousait le Bébé... ainsi que disaient gentiment les gens de la ville, en parlant de Grâce Babylas, fille de Placide Babylas, le riche propriétaire de la librairie religieuse de la rue du Han.

Cette union assez étrange, surtout pour ceux à qui n'avaient pas échappé les dissemblances qui formaient un contraste si prononcé entre les deux époux, était généralement blâmée.

Des difficultés d'apparence insurmontable, s'étaient dressées avec une si rébarbative opposition contre les premières tentatives de ce résultat inespéré, que les personnes raisonnables l'avait jugé dès le début à tout jamais impossible.

Cette fois, comme tant d'autres, l'opinion publique s'était fourvoyée et aurait dû faire amende honorable, mais comme Grâce et

Gontran ne venaient pas moins que d'être bien et légitimement mariés, elle préférait tourner à l'aigre plutôt que de reconnaître simplement son erreur ; aussi une compétente unanimité réunissait les honnêtes flamands de la ville pour déclarer que Babylas, sa fille et son gendre étant devenus notoirement fous, le devoir des échevins n'aurait été que strictement compris et accompli, si ils avaient fait enfermer ce trio dangereux dans une maison de santé... et cela, bien entendu, pour la plus grande gloire de la société scandalisée.

Sans nous occuper davantage de cette éruption de criailleries provinciales, nous allons revenir en arrière et raconter comment les faits s'étaient passés.

Un soir, Gontran, après s'être promené pendant deux longues heures dans sa chambre, allant de l'angle sud à l'angle nord et *vice versa*, droit devant lui et sans regarder ni à droite, ni à gauche, s'arrêta net au moment

précis ou huit heures sonnaient au beffroi de
l'église Saint-Gratien.

Etaient-ce les sonores vibrations de la
gigantesque horloge, ou les tintements gail-
lards du joyeux carillon qui réveillaient le
jeune homme de sa méditation profonde ?...
Etait-ce un accès subit de révolte contre le
spleen qui commençait à le mordre sérieusement au cœur ?... C'est ce que lui seul aurait
pu dire.

Toujours est-il que Gontran se revêtit d'un
costume noir avec une promptitude qui indiquait une résolution soudaine bien arrêtée,
qu'il descendit son escalier, et s'enfonça sans
hésiter, d'un pas ferme, dans le dédale des rues.

Dix minutes de marche, le conduisaient
droit devant la boutique de Babylas, et ce fut
sans le moindre temps d'arrêt qu'il tourna le
bouton de la porte, s'introduisit jusqu'au
milieu de la vaste pièce, et là, la tête haute,
l'intonation forte et claire, adressa au maître
du logis les paroles suivantes :

— Maître Placide, je me nomme Gontran, je suis sculpteur et je restaure en ce moment les saints de pierre de votre cathédrale. Vous le savez et vous me connaissez. Or, je viens vous demander la main de Mademoiselle Grâce, votre fille... Qu'avez-vous à me répondre?

L'entrée en matière était à brûle pourpoint et fort stupéfiante. Aussi Placide Babylas, grand homme osseux et tout en nerfs, ne se trouvait évidemment point en état de formuler une réponse ; il était comme foudroyé.

Les bras élevés en l'air et tenant entre ses mains un paroissien qu'il replaçait dans son rayon, il demeurait immobile et fixait attentivement la traverse en bois de sa bibliothèque, comme si cet inoffensif soliveau eût exercé sur son être une invincible fascination.

Enfin il replaça son paroissien, ferma la porte à vitre et demeura quelque temps à secouer la clef dans la serrure, en lançant à droite et à gauche des regards inquiets et farouches.

Certainement Placide Babylas considérait la situation comme critique, et se demandait quelle résolution il devait prendre.

Il la fallait prompte : l'expression de sa physionomie indiquait clairement qu'il n'était pas éloigné de croire à l'introduction dans sa boutique de quelque malfaiteur de la pire espèce.

Il se retourna donc avec circonspection, cherchant quelque projectile propre à lancer à la tête de l'ennemi, lorsque cet ennemi prit une seconde fois la parole :

— Eh bien ! maître Babylas, répondez quelque chose, quand ce ne serait que : Donnez-vous la peine de vous asseoir.

Et Gontran, supposant l'invitation faite, prit une chaise, s'assit flegmatiquement et croisa les bras en attendant que le libraire prît la parole à son tour.

Placide hésita quelque temps ; sa tête pivotant sur son axe, se dirigeait tantôt vers la porte, avec l'intention d'appeler à l'aide, et tantôt sur Gontran, qu'il considérait d'un air effrayé.

Enfin Placide se décida ; marchant à pas de loup et décrivant un demi-cercle prudent autour de la chaise, il s'approcha avec une circonspection extrême, puis arrivé à une distance respectueuse, il étendit le bras dans toute sa longueur et posa doucement l'extrémité d'un doigt sur l'épaule du questionneur.

Puis il le retira vivement comme s'il eût rencontré quelque charbon incandescent.

Et, penchant la tête, il fixa Gontran de travers, ébaucha un faux et vilain sourire de sollicitude, et dit avec une petite voix aigrelette en montrant son front déprimé :

— C'est là qu'est le mal, hein ? C'est la cervelle ? Comment vous sentez-vous, mon garçon ? Un commencement de délire, n'est-ce pas ? Cela vous brûle. Voulez-vous de l'eau fraîche ?

Gontran regardait Placide.

Placide regardait Gontran.

Cette situation dura quelque temps.

Placide avait subi diverses impressions. Son premier mouvement avait été de se dire : « Voilà un drôle qui a de mauvaises intentions ! » Cependant, comme les sentiments d'honneur de Gontran étaient reconnus dans la ville, il en vint à penser qu'il était pris d'une attaque subite de folie. Mais le calme de Gontran continuant ainsi que son silence, il fallut bien abandonner cette seconde supposition, qui s'évanouit comme la première.

— Eh bien ! maître Placide, reprit Gontran, toujours assis, les bras croisés et balançant nonchalamment sa jambe droite sur sa jambe gauche ; allez-vous bientôt cesser ces singulières façons d'agir ; ne jouez plus cette ridicule comédie, je vous prie ; je ne suis pas fou ; je suis même doué en ce moment du plus solide bon sens que j'aie jamais possédé, et c'est en pleine connaissance de l'acte que j'accomplis que je vous réitère ma question : Voulez-vous m'accepter pour gendre ? Il me semble que je parle clair ; répondez de même !

A ce mot de gendre, Placide s'était redressé tout d'une pièce, comme un ressort qui se détend. Sa mauvaise petite physionomie d'oiseau de proie nocturne, grimaçait comme un museau de chouette surprise par les premières clartés du jour. Sa tête étroite et anguleuse branlottait avec une agitation colérique, au bout de son long corps grêle, comme aurait pu le faire une tête de canne mobile, montée sur un jet de vieil églantier épineux.

L'homme, malgré son aspect caricatural, ne manquait pas d'une certaine férocité jésuitique. Malheureusement, il était trop lâche pour oser prendre Gontran par le bras et le flanquer vertement à la porte.

Que faire donc contre cet insolent artiste qui venait lui demander sa fille, à lui Babylas, libraire patenté et casé parmi ces notables dont on fait les bourgmestres ?

Ah ! si il avait pu faire crever de peur cet
impudent, en lui tirant la langue, à l'instar
de ces grands magots chinois que les défen-
seurs de l'empire du milieu, opposaient aux
soldats français avec cette naïve espérance de
les glacer d'épouvante ; nul doute que Placide
n'ait su trouver les plus hideuses grimaces. Il
avait pour cela peu de transformations à faire
subir à son visage.

Nul doute encore, si il avait été certain de
rendre son visiteur hydrophobe, qu'il ne se
fût précipité à l'instant sur lui pour le mordre
avec la rage d'un mâtin efflanqué et hargneux.
Mais comme il sentait instinctivement que ses
procédés de croquemitaine s'émousseraient
contre l'impassibilité de Gontran : il ressentait des élancements de haine bilieuse contre
le jeune homme.

Pourtant il fallait répondre, ce n'était pas
chose facile. Babylas ne savait quel plan de
bataille adopter. L'attaque était si brusque,
tellement en dehors de tous les usages consa-

crés en pareil cas que Placide perdait aussi un peu la tête.

La ville de X... possédait une loi d'étiquette toute spéciale.

Tout ce qui dérangeait cette loi troublait profondément les habitudes de ses habitants.

De mémoire d'homme, à X..., on n'avait formulé de la sorte une demande en mariage.

Placide louvoya donc, et crut habilement esquiver la difficulté en disant avec une douceur rageusement contenue.

— Vous voulez plaisanter, monsieur Gontran.

— Je ne plaisante jamais.

Les traits de Placide prirent une expression de terreur grotesque et il s'écria avec explosion.

— Mais au nom du ciel, qui a pu vous loger cette prétention biscornue dans la cervelle, de vouloir épouser ma fille ?

— Je l'aime, maître Babylas.

— C'est tout ?

— Absolument tout.

— Vous m'étonnez ! Vous avez la jeunesse trop confiante ! voilà-t-il pas une belle... satanée raison à invoquer, et dérange-t-on ainsi les gens pour leur conter des sornettes. Vous l'aimez ? eh parbleu ! moi aussi je l'aime, sa bonne aussi l'aime. Ne semblerait-il pas que vous avez découvert une sensation nouvelle ! mais, mon garçon, vous n'y pensez pas... Que m'importe à moi votre affection ! et où en serions nous s'il fallait donner aux gens tout ce qu'ils aiment. J'aime les caves de la Banque, moi, vais-je aller les demander ? Oh ! de grâce ! ne vous donnez pas la peine d'insister ; je pressens à votre air quelque tirade passionnée qu'il est au moins poli de m'éviter... Surtout ne me parlez pas de votre cœur, ni de celui de Grâce, ni du mien, je vous en supplie, mon excellent monsieur ! je suis libraire et lis tous les jours les belles phrases creuses qui peuvent se rapporter à la circonstance où nous nous trouvons... Epargnez-moi. D'ailleurs, si vous y tenez absolument, nous causerons de ces choses une autre fois !

Et Placide se dirigea vers la porte en se mouchant très-bruyamment.

Gontran s'établit un peu plus solidement sur son siége et garda son impassibilité.

— Maître Placide, dit-il, votre sardonique riposte ne m'émeut pas. Voyons, ne nous fâchons point. Vous avez bien l'intention de marier votre fille, n'est-ce pas ?

— Certainement, comme c'est le devoir de tous les pères.

— Eh bien ! pourquoi me repoussez-vous ?

— Pourquoi, grogna Babylas qui trouva dans son indignation, un accès de courage assez déterminé pour se placer d'une seule enjambée près du jeune homme ; pourquoi ? vous allez le savoir : je donne cent mille francs de dot à Grâce, monsieur ; cent mille francs !

Et Babylas dardait de ses petits yeux gris deux rayons de flamme sur Gontran.

— Eh ! vos cent mille francs m'importent peu.

— Comment ils vous importent peu ! exclama Babylas en se croisant violemment les
bras ; mais ils m'importent à moi, vertu-
bleu !

— Monsieur, répliqua Gontran, gardez-les
vos cent mille francs. Vous commettez une
erreur ; je vous demande votre fille ; je ne
vous demande pas votre argent !

— Ecoutez, mon petit ami, s'écria Placide
en s'appuyant sur son comptoir, avec un air
suffisant, ce n'est pas du tout cela, vous
n'êtes pas sérieux le moins du monde. Mettons
les grands sentiments dans notre poche, si
vous le voulez bien et parlons raison... Une
chaumière et votre cœur, je connais cela. Mais,
dans la famille des Babylas, on a pignon sur
rue et l'on ne marie point les filles sans dot,
entendez-moi bien, non pas par générosité,
proutt ! chansons que ces idées. Pensez-vous
que j'éprouverai quelque plaisir, moi Placide,
à donner ces cent mille francs à mon futur
gendre ? Allons donc, pour qui me prenez-

vous ? Ce n'est pas cela. C'est par respect pour
les côtés pratiques de la vie, c'est par reli-
gion pour l'esprit d'ordre, entendez-vous bien,
mon petit monsieur ? l'esprit d'ordre, c'est
probablement comme si je vous parlais hébreu,
n'est-il pas vrai ? Amasser des économies,
c'est-à-dire rouler toute sa vie la boule de
neige de sa fortune, vous ignorez cela vous
qui raccommodez des saints. Que diable venez-
vous me chanter avec votre désintéressement
superlatif ? Cela seul vous condamnerait. Et
dans quelles mains la propriété passerait-elle,
donc, avec ce système ? Et le capital, que devien-
drait-il si les gens délicats le méprisaient ?...
à qui le confier ?... Est-ce que vous avez le
droit d'être désintéressé ? Est-ce que la propriété n'est pas le frein du déraillement social ?
Vous êtes encore un joli garçon avec votre
grandeur d'âme !

— M. Placide ! dit Gontran d'un ton hautain.

— Laissez-moi donc tranquille, continua le
vieux libraire avec colère, vous vous moquez

du monde. Est-ce que vous pouvez séparer ma
fille de sa dot et ensuite de la fortune qui lui
reviendra ? Mais c'est impossible ! Comment !
poursuivit-il, voilà les Babylas qui de père en
fils ont amassé morceau par morceau un joli
magot, et vous croyez que je vais le donner
au premier venu ? Vous n'en voulez pas, vous,
monsieur Gontran, vous faites le dédaigneux,
vertudiable ! quel dédain ! Monsieur, la fortune
est un dépôt, nous en sommes les gardiens, et
quand nous mourons, nos survivants la reçoi-
vent et l'augmentent... Nous envisageons ainsi
le devoir chez les Babylas. Ces sentiments sont
au-dessus d'une amourette vulgaire.

Et après une courte pause, il reprit :

— Or ça, qui êtes vous, que demandez-
vous ? car en vérité tout cela est insensé... Ma
fille, soit ; vous l'aimez, très-bien. Et mon
argent qu'il vous faudra recueillir et conserver
après ma mort, qu'en dirons-nous ? Je vous
parais cynique, tubleu ! mais, mon jeune
Cadet, je ne puis savoir si vous aimerez encore

votre femme dans vingt ans, mais je puis, je tiens et je dois savoir ce que deviendra le bien-fonds. Il ne peut pas être soumis aux hasards d'un caprice, lui, et en ma qualité de membre respectable de la société, mon devoir est d'assurer son avenir par des mesures d'une pré-voyance expérimentée. Pour cela il me faut un gendre dans une certaine position, présentant des garanties de solidité morale et matérielle, possédant, un notaire par exemple, et, si tous les renseignements l'indiquent comme un homme d'ordre, la fille de Babylas est à lui. Voilà, mon jeune ami. Là-dessus, laissez-moi tranquille.

Gontran se leva, et, sans prononcer un mot, sans plus regarder Placide, se dirigea lentement vers la porte, l'ouvrit, et s'enfonça dans les som-bres et tortueuses sinuosités de la rue du Han.

Il s'y enfonça tellement qu'on ne le revit plus.

Les saints de pierre de la cathédrale restè-rent inachevés, ne s'en portèrent pas plus mal, et continuèrent de servir de piédestal aux cor-neilles, malgré leur état de mutilation.

Les uns restèrent avec un bras de moins, les autres sur une seule jambe. Celui-ci sans tête, celui-là au contraire avec une tête neuve, mais seulement dégrossie.

Le scandale fut grand et irrita profondément les âmes dévotes de X..., blessées dans leur amour-propre en voyant leur église ainsi transformée en hôtel de saints invalides.

L'affaire de la rue du Han devint la grosse affaire de la ville pendant tout un mois.

Une dame respectable, et tenant une place fort honorable dans toutes les confréries et sociétés catholiques de l'endroit, alla même jusqu'à dire à qui voulait l'entendre que, à la place de maître Babylas, elle aurait fait arrêter l'audacieux sculpteur et puis enfermer dans un cabanon.

L'idée de plaindre le pauvre garçon et de penser qu'il souffrait dans quelque coin ignoré, dévoré par un inconsolable chagrin, ne lui vint pas un seul instant.

Une année entière s'écoula.

Au bout de ce temps, un mercredi soir, à l'heure du crépuscule, les désœuvrés que les hasards de la promenade avaient amené du côté des messageries brabançonnes, s'arrêtaient curieusement à considérer les deux voyageurs qui descendaient de la voiture de Bruges.

Bientôt l'étonnement se changea en stupéfaction, lorsque les plus proches du lourd véhicule, constatèrent tout-à-coup que la silhouette du plus jeune des deux arrivants, reproduisait identiquement dans le clair-obscur, la grande taille et tous les signes particuliers qui caractérisaient les contours extérieurs du jeune sculpteur.

Une plus minutieuse observation confirma
ce fait surprenant, et la nouvelle s'en répandit
avec assez de rapidité parmi les promeneurs
pour qu'il se formât sur-le-champ un joli
groupe de curieux sur les mines desquels une
expression d'étonnement stupide se stéréo-
typait.

C'était bien Gontran en effet, Gontran pâle,
émacié, ascétique et d'apparence plus altière
que jamais. Ceux qui le regardaient à distance
ne purent se rappeler par la suite si son premier coup d'œil fut dédaigneux, seulement
froid, abattu de langueur ou brillant de fièvre,
car il leur sembla bien qu'il ne consentit pas
à diriger les yeux de leur côté.

Celui qui l'accompagnait était un homme
déjà mûri par l'âge, d'allure fort honnête et
fort respectable, et confortablement vêtu d'un
habit, d'un pantalon et d'un gilet en bon drap
noir tout neuf, ainsi que d'une cravate blanche
immaculée de blancheur, le tout aisé à la taille
et de tournure cossue.

Après quelques paroles échangées à voix basse, tous deux traversèrent le rassemblement qui s'écarta comme à la vue d'un fantôme, et se dirigèrent en ligne droite vers la rue du Han.

Parvenu près de la porte de Placide, l'homme en costume de cérémonie, s'arrêta court :

— Mon cher Gontran, dit-il à son compagnon, il est bien entendu que vous ne prononcerez pas un mot, que vous ne ferez pas un geste, et que vous allez me laisser diriger cette affaire à ma convenance.

— C'est convenu, répondit Gontran.

— Fort bien ; en ce cas assiégeons courageusement la place, et si je me fais une idée bien exacte de votre Babylas, soyez certain du succès.

Parvenus devant la boutique du libraire, Gontran laissa passer d'abord son aide, puis il s'introduisit à sa suite.

Babylas se livrait à son occupation quotidienne ; il époussetait la tranche dorée de ses paroissiens, et se retourna au bruit que la porte fit en s'ouvrant.

Il faut renoncer à peindre la physionomie de Babylas !

— Monsieur Placide, dit l'homme en costume de cérémonie qui entra de suite en matière avec une volubilité extrême dans l'intention probable d'étourdir Babylas et l'empêcher de manifester l'effervescence de son premier mouvement, monsieur Placide, conservez votre sang-froid, ne faites aucun mouvement, retenez le moindre geste, ne prononcez pas une parole, je vous prie, avant de m'avoir entendu !... « Ecoutes d'abord, tu frapperas ensuite, » a dit un grand homme... Là... bien... Je vois à votre air que notre visite vous étonne, surtout l'apparition de mon ami Gontran. Je vais donc, pour ne pas vous laisser le temps de vous reconnaître, aborder tout de suite la question. Je me nomme Timoléon Rabourdin, et je suis notaire à Vannes.

Babylas ne souffla mot.

— Voici donc le motif de ma visite, poursuivit le notaire. Je suis cousin issu de ger-

main du jeune Gontran, artiste sculpteur, qui
m'a prié de vouloir bien l'assister auprès de
vous. Mon cousin Gontran éprouve, comme
vous ne l'ignorez pas, un attachement sérieux
pour mademoiselle Grâce, votre fille.

Placide fit un mouvement auquel répondit
le notaire en élevant en l'air ses deux mains
dont il encadra sa tête penchée avec une attitude pleine d'affabilité et de conciliation.

— Oui, oui, fit le tabellion, je sais, je sais...
je n'ignore aucun des antécédents de l'affaire...
oui, monsieur Placide, oui, je comprends parfaitement les motifs de haute raison, qui ont
dû vous faire rejeter une demande présentée
d'une façon aussi... dirais-je le mot... aussi...
étourdie... Il est des formes dont la respec-
tabilité est si notoirement indispensable, que
leur non observance doit de prime-abord servir
de règle de conduite à tout homme prudent...
C'est ce qui nous est arrivé et c'est ce qui
devait motiver votre refus que je considère
comme la résultante légitime de l'imprudente

démarche de mon cousin... Monsieur Placide votre conduite a été dictée par le plus infaillible bon sens, vous avez sagement accompli le devoir que vous imposait si noblement l'autorité de votre mission paternelle !... Mais d'autre part, ne me sera-t-il pas permis d'invoquer pour mon client les circonstances atténuantes qui adoucissent tout naturellement les actes d'une jeunesse ardente, inconsidérée, obéissant sans le précieux conseil de la maturité aux impulsions d'une passion bien concevable ?... Faut-il repousser à tout jamais ce pauvre Gontran parce qu'il s'y est pris d'une manière inconséquente ?... Allons, allons, sa conduite a été légère, je l'en ai sévèrement blâmé, mais en même temps je dois rendre justice à l'honnêteté de ses intentions, et c'est parce que j'en suis convaincu que je viens aujourd'hui... oh ! ne hochez point la tête avec cette fermeté de résolution, nous allons produire des actes, exclama le notaire. En voici de sérieux, Monsieur Babylas. C'est

d'abord l'acte de décès du père de Gontran,
qui vient de mourir ; voici encore des actes de
propriété en bonne et due forme, qui établis-
sent que M. Gontran père laisse à son fils
unique, ci-présent, une fortune évaluée à dix
mille livres de rentes en bonnes terres vierges
de toutes espèces d'hypothèques !... Qu'en
pensez-vous ? Il y a un an, nous étions un
jeune arbrisseau sans résistance, exposé à
tous les vents ; nous sommes à présent un
fort chêne, aux racines profondément et solidement installées. Nous présentons une base
raisonnable sur laquelle nous pouvons établir
l'édifice d'un bon contrat... eh bien ?....

— Donnez-vous donc la peine de vous
asseoir, messieurs, dit tout-à-coup Placide, qui
fit de tels efforts pour sourire qu'il ne put
parvenir en détendant ses traits, qu'à prendre
l'air gracieux d'un chat-huant qui vient d'en-
serrer un inoffensif mulot.

Nous ne nous étendrons pas sur les scènes
qui suivirent et sur la discussion du contrat.

Nous arrivons de suite au résultat.

Placide Babylas donna son consentement, mais à des conditions qui furent jugées très-dures par un petit nombre et fort sensées par la majorité.

Et d'abord Placide imposa le régime dotal.

Ensuite Gontran devait abandonner l'ébauchoir et la terre glaise.

Ce ne fut pas encore assez : comme Gontran était coupable d'antécédents artistiques, il fut démontré qu'il devait donner des garanties, un gage solennel prouvant non seulement son désir de se bien conduire, mais rendant même impossible tout retour aux mauvais penchants.

Et quoi de plus simple pour cela que de faire un abandon en due forme, une donation, en un mot, de toute sa fortune à Grâce ?

Comme Grâce serait mariée sous le régime dotal, naturellement elle absorberait tout.

— Plus de crainte alors, s'écriait Babylas, M. Gontran est dépouillé, c'est vrai. mais, s'il

aime ma fille, il doit la placer bien au-dessus
de ces misérables questions d'argent. (Il fallait
voir la mine de Placide en ce moment). Met-
tez-vous à ma place, ajouta-t-il en cambrant
son buste et ouvrant les bras comme s'il eût
voulu jeter sa conscience à la tête de tout le
monde, est-ce que je ne dois pas entourer
l'établissement de ma fille des plus sages,
des plus prudentes mesures de précautions?

Placide fit décidément une bonne affaire.

Gontran consentit à tout.

Aux observations qu'on lui fit, il se contenta
de hausser les épaules.

Le mariage fut fixé à six mois de là, époque
à laquelle Gontran acquit la certitude d'avoir
enfin l'insigne faveur d'être le gendre de
Babylas, et le premier commis de sa femme.

Un fait singulier fut cependant remarqué
par les moins clairvoyants, c'est que, plus
l'heureux moment approchait, et plus Gontran
devenait sombre.

Le jour des cérémonies, le 17 décembre, cette

attitude du marié arrêta net les joyeux propos et répandit un froid glacial sur les belles dispositions des personnes composant le cortége de la noce.

A la mairie d'abord et à l'église ensuite, dont on sortit à midi, Gontran, pâle comme un spectre, semblait accomplir machinalement les divers actes qui constituent les solennités du mariage.

Lui seul ne paraissait pas se rendre compte de l'étrangeté de sa conduite! Ses paupières constamment baissées l'empêchèrent de distinguer les regards anxieusement fixés sur lui et il n'ouvrit la bouche que pour prononcer avec une intonation gutturale les paroles sacramentelles à la mairie.

Au retour de la messe, chez Babylas, il parut céder aux efforts tentés pour le distraire.

Efforts maladroits et qui n'avaient pas encore produit un résultat bien satisfaisant, lorsqu'à trois heures chacun se retira pour se retrouver au moment du dîner.

C'est pendant ce temps que nous allons rejoindre Gontran chez lui.

Nous l'avons laissé contre un des côtés de sa cheminée. De l'autre, en face de lui, est assis Edward S..., un de ses amis.

Nous avons dit dans quelle situation morale se trouvait Gontran, cette situation tendait à s'aggraver par la prédominance visible d'un état de prostration, qui livrait le jeune homme sans résistances aux lugubres influences du spleen.

Edward suivait avec anxiété les progrès de cet étrange abattement.

Il se demandait si son devoir ne l'obligeait

pas à mettre de côté toute discrétion et à provoquer une explication qui tirerait peut-être son ami de cette désolante torpeur.

Peut-être allait-il se décider lorsque tout-à-coup, du fond de la rue, retentit un long cri de *miserere*.

Rien ne se présentait plus fatalement que ce cortége de mort. C'était le complément d'effets matériels dont la réunion prédisposait à des idées noires.

La journée avait été la plus sombre de ce froid hiver. L'atmosphère avait de glaciales et lugubres teintes gris plombées, qui se rapprochaient et s'épaississaient comme si elles avaient voulu tout recouvrir d'une éternelle couche de tristesse.

Des masses profondes de brumes, d'une opacité palpable, suintaient de larges flocons de neige qui tombaient lentement et sans intermittence.

Une lueur indécise comme un reflet des régions polaires éclairait à peine les principaux ensembles de cet aspect. Les objets prenaient des apparences vagues, indéterminées, les formes ordinaires des choses subissaient de fantastiques effets de mirage. De vives arêtes perçaient çà et là la neige et tranchaient le ton général de longues taches noires, pendant que le sommet des toits arrondis sous leurs linceuls blancs s'allongeaient dans l'éloignement en interminables cercueils.

Qui aurait jamais pu penser qu'un rayon de soleil, si pénétrant qu'il fût, put jamais parvenir à faire une trouée dans cette impénétrable profondeur, dans cet implacable ensevelissement de la nature ? C'est ce qui arriva pourtant, il perça les pâteuses superpositions, l'horrible mélange de glaces, de grêles et de neiges, il perça le brouillard obscur, en laissant sur son passage une traînée de lumière pâle, une lumière de rêves ou de commencement d'orage, qui appliquait sur les saillies des glacis tantôt verdâtres, tantôt violacés et vint enfin se briser sur les carreaux de la fenêtre de Gontran où il s'éteignit subitement après avoir illuminé la chambre d'un éclair phosphorescent.

La courte apparition de ce rayon d'espérance, qui sembla se retirer bien vite de ce milieu désolé, ne servit qu'à rendre plus écrasante encore les cercles de ténèbres dont les envahissements rapides augmentaient à chaque seconde écoulée.

Il n'y avait rien de terrestre dans cette nuit qui s'approchait, menaçant, par sa froide étreinte, de commencer l'agonie du monde.

C'est dans cet ensemble sépulcral que passaient dans la rue quatre hommes portant une bière.

Derrière eux, on comptait deux files de femmes enveloppées de cagoules noires.

Ce cortège aurait pu passer sans attirer l'attention, car sur le sourd tapis de neige, les pas des vivants ne faisaient pas plus de bruit que le cadavre que l'on portait en terre. Malheureusement le cri recommença :

Mi-se-re-re !

C'en fut assez.

Gontran se dressa et marcha droit à la fenêtre. Ses pupilles se dilatèrent, tant il prit de singulière attention à regarder ce qu'il voyait, puis :

— *Miserere*, murmura-t-il, ayez pitié. Grand Dieu ! oui, ayez pitié ; mais ce n'est pas pour ce corps inerte.

Edward aussi se leva.

— N'est-ce pas une dérision ! reprit convulsivement Gontran. Ce mort dont l'esprit a déjà subi sa nouvelle transformation, a-t-il besoin de toutes ces larmes ?

— Gontran ! dit doucement son ami.

— En vérité, fit Gontran en secouant lentement la tête, je suis injuste envers ces pauvres femmes. Elles ne savent pas ; mais pour moi qui comprends. C'est bien mon chant de mort qu'elles entonnent.

— Mais, au nom du ciel ! mon ami, que signifie tout ceci ?

— Ce que cela signifie, Edward ? Eh bien !
pour celui qui sait lire le sens caché des choses,
ce convoi funèbre est d'une éloquence implacable. Il n'y a pas de hasard, Edward, ces cris
qui éclatent comme un appel précisément sous
ma fenêtre ; cela ne t'indique-t-il pas qu'il fallait
que je les entendisse. Pour toi c'est un fait
ordinaire, pour moi, c'est un solennel avertis-
sement.

— Allons, calme-toi, dit Edward, en prenant
les mains de son ami, tu es sous l'empire de
quelque hallucination. Ah çà, sommes-nous
dans notre bon sens, il me semble que tu
viens de me lire un passage du livre d'un fou.
As-tu le délire ? Que se passe-t-il, voyons ?
Comment tu as l'incroyable bonheur de recueillir un héritage qui te permet d'épouser une
jeune fille que tu aimes passionnément. C'est
aujourd'hui le jour de tes noces ; dans une
heure tu vas te trouver entouré de ta femme,
de tous tes amis ; il fait mauvais temps dehors,
que t'importe ! Une fête t'attend, resplendis-

sante de lumières. Un enterrement vient à passer, et puis ? Est-ce la première fois que nous
voyons un enterrement ? Allons, voyons, mon
ami, laisse là tes rêvasseries funèbres ; ce n'est
pas ton testament que tu as signé ce matin,
c'est ton contrat de mariage.

— Oui, je le sais ; seulement j'épouse la
tombe, dit froidement Gontran.

Edward le regarda silencieusement, puis,
pressant de nouveau ses mains.

— Il faut absolument sortir de cet état
exceptionnel ; il le faut, Gontran, entends-tu.
Au nom de notre vieille amitié, qu'as-tu ?
Chasse ce mauvais rêve, éveille-toi ! Voyons,
que parles-tu de mort, toi, Gontran, un pareil
projet ? allons donc !

Gontran fit un geste d'impatience.

— Oh ! sois tranquille, s'écria-t-il, je ne me
tuerai pas. Je serai tué... Tu ne saurais croire
combien tes paroles affectueuses m'atten-
drissent, et, si j'ai résisté jusqu'à présent à
l'éloquente interrogation de tes regards, par-

donne le moi ; ce n'est pas une sèche et
égoïste réserve. Mais comment t'expliquer
tout l'horrible de ma situation ? Quels mots
emploirais-je avec toi, esprit positif, cherchant
la logique dans des faits matériels, pour te
persuader que je n'ai rien perdu de mon bon
sens, que je n'ai jamais raisonné plus froidement qu'en ce moment. Est-ce la mort que je
redoute ? Non. Mais le chagrin qui me dévore,
l'angoisse qui m'anéantit à chaque seconde
écoulée, qui rapproche l'heure !

— Je ne comprends pas.

Gontran haussa les épaules.

— Est-ce que cela est possible !... je vais
t'ouvrir mon cœur tout grand ; c'est un bien
misérable spectacle, va, et quand je t'aurai
expliqué la sombre tragédie qui l'emplit tout
entier, et le gonfle si douloureusement, tu ne
comprendras pas encore, car en vérité, le rôle
que je joue en ce monde est tellement en
dehors des personnages ordinairement drama-
tiques de l'humanité, que la juste loi qui me

condamne a su créer pour moi un isolement exceptionnel !... seul je suis, et fatalement seul je dois être, l'impossibilité d'une intervention consolatrice a été prévue... La conséquence est dure, mais elle est telle... Peut-être, retrouverai-je la paix, mais auparavant je mourrai... Il faut que je meurre !... Voyons, poursuivit Gontran, avec des éclats de voix brefs, gutturaux, tu as prononcé le mot *aimer*... tu l'as dit, n'est-ce pas ?... tu crois que... j'*aime* Grâce... ma femme... la fille de Babylas?

Edward qui l'écoutait les yeux baissés, tourmentant le parquet de son pied, releva la tête à cette interrogation et ne trouva pour toute réponse qu'une expression d'étonnement inexprimable.

— L'as-tu bien regardée... Grâce... articula lentement Gontran... ou plutôt, je vais mieux m'expliquer, l'as-tu jamais bien vue?... j'entends par voir, cette auscultation du regard qui cherche une révélation dans l'apparence superficielle...

— Mais... oui...

— Ah !... tu crois... et... quel a été le résultat de ton observation ?

— Mais... mon opinion est tout franchement celle de tout le monde : Grâce justifie son nom, elle est très-gentille, jolie même, fort jolie !

— Jolie... soit... oui, elle est jolie... seulement, il n'y a pas deux *jolis* identiques, n'est-ce pas ? Elle a son *joli* à elle tu m'accorderas bien cela... or, dit Gontran en serrant fortement le bras de son ami, c'est dans l'étude -méticuleuse, incessante de ce *joli*, que réside pour moi l'épouvante !... hein!... tu m'étudies avec inquiétude... Vous êtes singuliers, vous autres, il semblerait toujours que l'on arrive de la lune lorsque l'on est parvenu à lire le sens des effets matériels, comme Champollion déchiffrait les hiéroglyphes... Mon cher Edward, j'ai lu Grâce et j'ai compris avec cette intuition que possédait Swedenborg quand il traduisait l'Apocalypse... Oh, j'ai eu le temps

de me raisonner et de passer par toutes les
indécisions avant d'arriver à me former une
conviction... car la *gentillesse* que tu as remarquée est toujours présente, dressant devant
moi sa mignonne individualité, comme un
spectre bizarre, séduisant si tu veux, mais
aussi impitoyablement exact que le gouffre qui
n'abandonnait jamais Pascal !... Oui, partout,
dans l'isolement ainsi que dans la foule, dans
la veille et dans le sommeil, dans la lumière
et l'obscurité, je vois la fille de Babylas... mon
ombre au moins me quitte lorsque le temps
est couvert ; Grâce, jamais !... En ce moment
même, elle est très-certainement dans la
demeure de son père, occupée à changer de toilette, mais elle est également ici, à côté de toi,
aussi détachée du reste des choses que tu l'es
toi-même... et cela est ainsi depuis le jour où je
l'ai aperçue pour la première fois, marchan-
dant des poupées dans la boutique du mar-
chand de jouets... Edward, je suis calme et
j'ai pu froidement analyser la réalité qui m'était

toujours représentée par l'apparition... oui...
ma femme... (puisqu'elle l'est devenue pour
accomplir la volonté du destin) oui, Grâce est
jolie... Il n'y a qu'un malheur, c'est qu'elle
l'est autrement pour moi que pour les autres.
Tu n'as pas vu, toi, combien le genre de sa
beauté est peu *naturel !...* Tu n'as pas remarqué l'indécision extraordinaire de ces traits si
mièvrement arrondis, que leurs lignes n'accu-
sent aucuns plans et décourageraient la
science de détails de l'artiste le plus merveil-
leusement doué. Ils se fondent les uns dans
les autres par des transitions tellement insai-
sissables qu'il devient tout-à-fait impossible
de mettre un point à l'endroit précis où le nez
se décide enfin à se séparer de la joue, et
cependant ce petit nez décrit une adorable
proéminence, capricieusement relevé par un
gracieux retroussis... où il ne manque que de
la mutinerie pour avoir une signification...
Aucun peintre ne parviendrait à découvrir
une demi-teinte sur ce visage, dont le galbe

puérilement enfantin, semble, par le parfait
de sa coloration, tout fraîchement sorti d'un
moule, plutôt que s'être formé petit à petit par
le travail du temps. Pas une ride, si ténue
qu'elle puisse être, pas la plus minime irrégu-
larité, pas la plus faible nuance ne viennent
déranger la matité de cette peau d'un blanc
bleuâtre... Si, je me trompe, il y a le rose des
joues, mais encore ici je ne le trouve pas *vrai*.
Il n'a rien à voir avec l'art du parfumeur, ce
rose, il appartient bien à Grâce et pourtant il
m'a causé de graves méditations... Comment
peut-il se faire qu'il s'étale sans dégradations,
comme un lavis sur du papier de Bristol ?... Le
milieu de ce rose est du même ton que les
bords, il tranche net par une courbe géomé-
trique et contribue à donner à tout cet ensemble l'air d'un travail très-soigné, dû à une
main ferme et habile dans la spécialité de placer des teintes uniformes !... Maintenant, mon
cher Edward, une circonstance non moins
curieuse et révélatrice, (pour moi s'entend)

c'est l'absence absolue de clarté dans cette...
jolie... physionomie !... Où trouve-t-on l'esprit du feu ? c'est dans la flamme... Qu'est-ce
donc qui spiritualise le masque facial ? c'est
l'œil... Ah ! nous y voici enfin à ces yeux, à
ce mystère, oh, ils sont superbes... je m'in-
cline devant la grande et irréprochable forme
de leurs ovales amandés... je suis resté des
heures à contempler ces deux pupilles richement enchassées dans le transparent nacré de
leurs cornées, et je n'ai jamais pu les voir autrement que ces beaux yeux d'émail que l'on
remarque dans les muséums d'histoire naturelle !... Ils complètent l'empaillement des animaux en leur enlevant leur caractère... Le
tigre fixe le même point vague que le mouton
qui lui fait face... avec la même insignifiante
bonhomie... Il en est de même de Grâce... Elle
me regarde volontiers, avec le même coup
d'œil qu'elle laisse tomber sur son père, sur
Babylas... Mais ce n'est pas tout, il faut ajouter
qu'elle regarde son père absolument comme

elle regarde sa chaufferette... Il est probable
que je suis toujours arrivé dans un moment
défavorable, car je n'ai jamais été assez heureux pour les voir animés d'un sentiment quelconque... Ils s'allongent impassibles et dor-
ment tout ouverts sans daigner cligner leurs
paupières... Ils reposent confiants, immuables,
protégés par quatre rangées de cils égaux en
nombre et en longueur, sous deux sourcils
arqués dont pas un poil ne frémit et ne s'écarte
de la projection de son voisin. Cette belle
ordonnance leur est nécessaire pour ne pas
altérer la pureté du front, immaculé comme
une feuille de papier à lettre toute neuve. Je
suis persuadé qu'elle n'aura jamais une ride,
ce front est métallique, il vieillira comme l'os
du crâne, il jaunira, mais cette peau ne fron-
cera point. Elle restera comme une épaisse et
solide fondation nécessaire pour supporter la
forêt de cheveux blonds qui l'encadre. Je dis
forêt, c'est plutôt un parc, une forêt est soumise aux caprices de la nature, tandis que ces

cascades de cheveux bouclés s'étageant à la
Ninon, offrent comme tout le reste une apparence qui appartient plutôt aux coiffures des
figures de cire qu'aux personnages de la création. Je les crois alignés en quinconce et l'on
me montrerait le patient ouvrier qui les a
planté un à un que cela ne m'étonnerait pas.
Non, Edward, je cherche une chose bien commune dans cette tête, bien fréquente à rencontrer, je cherche la vie, tout simplement, eh
bien ! je ne la trouve pas. Elle remue, c'est
incontestable, elle parle, mais j'ai passé des
soirées entières, tout près d'elle, attentif, en
embuscade, immobile comme un indien à l'af-
fût, avec la ferme détermination de ne point
la quitter avant d'avoir pris un de ses nerfs en
flagrant délit de tressaillement, peine inutile.
Je me suis fatigué en cherchant à découvrir
sous sa peau les méandres bleues du réseau de
ses veines... j'ai dû renoncer à cette scrupu-
leuse et décourageante recherche. Cette charmante tête tourne tout d'une pièce, se penche

avec la même désolante perfection. Ses mouvements ne déterminent la saillie d'aucune attache, aucuns de ces renflements si vivants, si gracieusement imprévus sur son cou rond, blanc et qui possède avec tout le reste cette teinte bleuetée qui paraît avoir été appliquée, après coup, comme un glacis devant terminer l'œuvre... Si je te disais que le soir, à la lumière de la lampe, des points lumineux miroitant comme des rayons de soleil dans des vitres, scintillent çà et là sur son cou... tu verras le même effet se produire, dans les mêmes conditions, sur les rotondités des vases de porcelaine... C'est étrange, n'est-ce pas, une jeune fille qui ressemble à un chef-d'œuvre sculptural de la manufacture royale de Sèvres !... Tu vois, Edward, cette fraîche enfant que tu trouves jolie, cette mignarde petite femme si délicatement gentille, si grassouillette qu'on la croirait capitonnée et sortie toute proprette, sans un atôme de poussière, de la peau de quelque chatte blanche, eh bien !

moi, elle me fait peur !... Je ne crois pas qu'elle
vive de notre vie, à nous autres... Non, certainement... elle n'est pas vivante... elle a une
existence toute particulière... elle existe par
instinct seulement... elle n'a pas d'âme, voilà
ce que je veux dire cria Gontran en se montant
progressivement, et elle n'en aura point jusqu'à ce qu'elle m'ait tué... Après, la puissance
suprême qui veut que je la prenne ainsi l'ani-
mera... En ce moment que lui faut-il ? rien de
sérieux... J'entre dans son état actuel comme
un grand joujou avec lequel elle va jouer au
ménage... Voilà évidemment tout ce qu'elle
remarque dans son mari... pour le reste, elle
habille et déshabille ses poupées et je n'ai pas
eu grande peine à lui faire ma cour... tous les
soirs, j'excitais un fou rire de sa petite bouche
en cœur en lui apportant un sac de bonbons.
Elle m'aime parce que je suis le jeune monsieur qui comprend toute l'importance des
boutiques de confiseurs, et quand je serai son
mari, elle pourra enfin construire librement

des berceaux de poupée avec des bâtons de sucre de pomme... Comprends-tu davantage, dis, Edward?

— Je t'écoute attentivement et curieusement, dit Edward en tortillant sa moustache ; mais alors, si telles sont tes impressions, permets-moi de t'adresser une question bien naturelle. Pourquoi...

— Pourquoi l'ai-je épousée ? interrompit Gontran.

— Mais oui, sans doute...

— Ah ! voilà. Qui a jamais pu donner la solution d'un pourquoi ? Est-ce que je le sais pourquoi ! Parce qu'il le *fallait*. Qui m'y a poussé malgré mes infructueuses tentatives de lutte , qui ? Mais , insensé raisonneur , qui pousse l'insecte à se précipiter plus rapidement dans le feu que sur les fleurs ! peux-tu le dire? Est-ce que nous sommes maîtres de ne pas placer le pied dans ces tourbillons qui nous entraînent vers des abîmes inconnus ? Est-ce que Chatterton pouvait éviter le suicide? est-ce

que nous pouvons échapper à la *punition* ? Ah !
tu demandes pourquoi ; et l'expiation !

— L'expiation ! murmura Edward.

— Oui, l'expiation ! La fin du remords. La
juste conséquence d'une mauvaise action...
d'un crime froidement accompli, d'un meurtre
odieux. Oui, moi, Gontran, j'ai assassiné lâche-
ment, méprisablement. Tu me regardes ?

— Décidément je te crois fou.

— Il est dans ma destinée de laisser de
moi cette croyance, Edward, mais puisque tu
as provoqué cet aveu de mon cœur, il faut
qu'il retentisse comme une lugubre plainte de
condamné... avec cette différence que je ne
me défends pas, moi, je lis publiquement,
devant toi, mon acte d'accusation.

Ecoute : j'avais quinze ans, il y a dix ans
de cela ; j'habitais chez une de mes tantes
qui m'a élevé. Nous étions cinq dans la vieille
demeure patrimoniale ; il y avait ma tante, une
sainte et respectable créature, je t'assure, un
être bon comme l'Evangile ; il y avait ma cousine ; une vieille bonne, presque de la famille,
moi et *Gracieuse !* Ah ! tu relèves la tête à ce
nom, tu pressens instinctivement quelque
monstruosité. Attends, nous y arrivons. Il faut
avoir vécu dans ce sage et doux intérieur pour
en apprécier tout l'attendrissant souvenir et
combien j'avais été favorisé par la prédestination. Quand je songe à ce foyer paisible, à ces

radieuses premières années de ma vie, je me
demande à quelle source profonde de méchanceté, j'ai pu puiser l'amère et glaciale ingrati-
tude que j'ai si infernalement répandu sur tant
de bienfaits... J'étais orphelin, elles m'avaient
recueilli... Tout ce que la délicatesse la plus
attentive peut imaginer de soins ingénieux et
intelligents pour l'esprit et le corps d'un enfant,
je les avais... les trésors d'affection de ces
trois âmes pures rayonnaient sur moi, concen-
trés comme sur leur centre... Le bonheur dont
m'entouraient ces trois femmes devait me les
rendre à jamais sacrées. Hélas, je devais meur-
trir ces trois cœurs sur lesquels je vivais si ten-
drement appuyé. Mais, poursuivons: j'étais un
garçon robuste, d'un développement intellectuel au-dessus de mon âge. Je m'épris d'une
adoration presque extatique pour ma cousine !
L'amour que je ressentais pour Louise
était désintéressé de toute pensée terrestre.
Louise avait onze ans ! comprends-tu cet
amour d'un adolescent imbu de mysticisme

pour une petite fille ? C'était un sentiment que je n'éprouverai plus dans ce monde ; il s'empara de moi insensiblement, avec des progrès d'une douceur infinie, et me procura des tendresses ineffables. Toutes mes pensées étaient concentrées sur cette enfant, je ne sentais plus ma vie, je n'éprouvais que ses joies et ses chagrins. J'aurais voulu souffrir pour elle. Oui, voilà comme je l'aimais. Eh bien, je l'ai tuée ! Entends-tu ? rugit Gontran en secouant nerveusement son ami.

Un long silence se fit.

— Insensés que nous sommes ! reprit Gontran ; nous avançons le front haut, la poitrine effacée dans les batailles des hommes, et nous ne pouvons dominer une mauvaise pensée ! Faut-il admettre que dans un de ces moments d'épreuves où nous restons seuls avec les droits conseils de notre conscience, j'ai cédé aux sollicitations puissantes de ces esprits impurs, dont les incessants efforts cherchent à nous entraîner dans l'abîme... je le crois... car,

comment de mon seul mouvement, aurais-je
pu me redresser si subitement, avec une intention de révolte si déterminée, contre ce courant qui m'entrainait doucement vers un avenir honnête... à partir de ce moment je fus
perdu... Je me laissai envahir sans résistance
par un monde de désolantes et envieuses
pensées qui s'étendirent dans mon cerveau
comme une brume funeste... Je le reconnais,
j'ai toujours été sombre de caractère... on
m'appelait le grave enfant... mais jamais mon
imagination ne s'était fatalement absorbée sur
un seul point, comme alors... Il me sembla que
Louise changeait sensiblement à mon égard,
qu'elle m'aimait moins... Oui, cela est certain,
depuis que tout petit déjà je protégeais ses
premiers pas, Louise ne m'avait jamais quitté,
pas d'une minute... moi seul, je pouvais la
faire rire, la calmer quand elle était malade,
la consoler dans ses chagrins... plus tard,
quand elle devint petite fille, moi seul je
savais la distraire avec des amusements demi-

enfantins, demi sérieux, car cette âme aimante
était déjà d'une raison au-dessus de son âge,
et les quatre années qui nous séparaient, ne
nous distançaient pas assez pour enlever de sa
fraîcheur à cette communion de jeunes idées
qui nous réunissait. Quand le petit garçon
lisait couramment Barbe-Bleue, il apprenait à
épeler à la petite Louise, à ma petite femme
plus tôt, comme on l'appelait en riant ; et plus
tard, quand j'étudiais les difficultés de l'ortho-
graphe, je ne croyais pas faire déroger ma
science en lui faisant faire une page de
bâtons... Quelles joies, quels rires, quels souvenirs et quels reflets de bonté illuminaient
le visage de notre vieille bonne lorsqu'elle
nous contemplait tous les deux... mais, je te
l'ai dit, j'étais sombre de caractère et je m'aperçus tout de suite de l'instant précis où Louise
commença à pouvoir se passer de moi... Ce
fut d'abord pendant un quart-d'heure, puis une
demi-heure, puis, elle put demeurer une heure
entière sans lever les yeux de mon côté... J'ai

la date exacte de ce dérangement dans l'affection de Louise, ce fut le jour où *Gracieuse* fit
son entrée dans la maison... alors je me crus
oublié, dédaigné de ma petite amie, comme un
jouet vieux de l'an passé ; plusieurs fois je
revins à de meilleurs sentiments ; l'illusion se
dissipait ; mais je retombais bien vite, le détestable objet qui l'avait causé subsistait en réalité et devenait de jour en jour plus odieux. Il
me fallut reconnaître, en le voyant entre ses
bras, qu'en dehors de sa mère et de sa bonne
je ne concentrais pas moi seul toute l'affection de Louise. Je devins jaloux ; de qui ?
d'une poupée, d'un paquet de son enveloppé
d'un morceau de peau de gant rose ! Est-ce
concevable ? Il le faut bien croire, puisque cet
infernal sentiment ne fut pas éteint par le ridicule, et que je parvins à grandir à la hauteur
de ma méchanceté cette chétive imitation de
la nature. Oui ; j'arrivai en très-peu de temps
à ressentir contre cette poupée une haine
détestable. Il faut reconnaître une chose aussi,

Edward, elle l'aimait trop. Ces petites femmes ont déjà toutes les révélations de l'avenir, elles trichent avec leur cœur ; dans leur poupée, ce n'est pas que la matière qui les attache, c'est l'enfant qu'elles devinent. Louise était bien douée, et le genre d'amour qu'elle prodiguait à *Gracieuse* était bien celui que je voulais avoir. Dans son besoin d'épancher sa riche nature, l'adorable enfant avait pour *Gracieuse* des effusions charmantes. C'était bien l'être plus faible qu'elle voulait aimer, protéger. Cette affection n'avait rien qui ressemblât à ce qu'elle éprouvait pour moi. Ces premiers élans de dévouement sans compensations que j'aurais cru à peine mériter en les payant de mon existence, c'était la poupée qui en profitait. L'enfant savait sacrifier ses goûts et ses joies pour le semblant de bonheur de ce paquet de chiffons. Moi, j'étais devenu un objet secondaire, moins que la poupée, le domestique de la poupée. Un soir, Louise eut pour moi sa première brusquerie, son premier coup d'œil sé-

vère, je portais Gracieuse dans son petit lit : « Tu
la portes brutalement, me dit Louise, tu vas lui
faire mal ? » Ah ! Edward, il n'y a chez la femme,
quel que soit son âge, qu'un seul amour vrai,
pur, c'est l'amour pour l'enfant ! L'homme est
une des causes de l'enfant ! L'amour pour
l'enfant est plus près du ciel ; pour l'atteindre
et le voir, la femme élève son cœur et ses
regards , l'homme n'est jamais qu'à côté !
Misère humaine ! ce qui aurait dû redoubler
mon respect pour ces êtres sans taches, pour
la sainteté de cet intérieur, fut ce qui excita
mes plus envieuses colères. Grotesque Othello,
je souffris toutes les rages et toutes les tortures de la jalousie. Je devins farouche et mon
aspect extérieur traduisit si fidèlement les misérables ravages des mauvais sentiments qui
me dévoraient, que ma tante s'inquiéta de ma
santé. La noble femme m'entourait de toute sa
sollicitude au moment même où je méditais un
crime.

— Un crime !...

— Oui, je résolus d'anéantir l'inoffensif joujou, l'exécrée rivale qui dressait constamment
son inaltérable et impassible figure de porcelaine entre mes lèvres et la joue de la blonde
enfant. Un jour, les deux femmes étaient parties pour la ville. Louise, couchée, malade,
m'avait été confiée. L'horrible... *chose* était
restée au salon. L'enfant avait la fièvre, et le
repos le plus absolu lui avait été commandé.
La plus légère commotion pouvait déterminer
une crise sérieuse. La vue de cet ange paisible
ne m'adoucit pas ; le noir était dans mon âme,
et je ne voyais rien qu'une idée fixe. Elle m'agita
avec une puissance tellement dominatrice que
je me levai ; je descendis, sans oser regarder
derrière moi, dans une pièce du rez-de-chaus-
sée ; j'allumai un feu ardent ; puis, lentement,
marche à marche, à pas de loup, comme une
bête fauve, je remontai l'escalier.

— Et puis ? dit Edward.

— Et puis, arrivé contre la porte du salon,
je fus obligé de m'appuyer au mur et d'appli-

quer mon mouchoir sur mes lèvres, afin d'as-
pirer le plus silencieusement possible autant
d'air qu'il m'en fallait pour achever mon œuvre
de démon... Avec des précautions infinies, je
tournai le bouton de la serrure. Combien de
temps me fallut-il pour accomplir ce patient
travail? Je l'ignore ; tout ce que je puis dire,
c'est que le bruit ne me troubla pas ; il devint
le complice de ma volonté. Il ne se produisit
pas le plus infiniment petit craquement. Ah !
c'est que j'avais peur. Il me semblait que
Gracieuse me sentait venir et cherchait à se
cacher ! Mais non. Quand j'eus poussé la porte
et glissé ma tête baignée de sueur par l'ouver-
ture, il s'échappa de mon gosier un soupir de
satisfaction. *Elle* y était. J'aperçus le petit lit,
ce nid de mousselines et de dentelles dans le
coin que je connaissais si bien. Les petits
rideaux entr'ouverts laissaient entrevoir la
poupée enfouie dans ses oreillers brodés. Je
savais bien qui les avait brodés. Nous nous
regardâmes, Gracieuse et moi. Elle avait ce

sourire insipide des poupées ; cet éternel sourire niaisement empreint sur leur visage blanc
et rose. Cette stupide béatitude s'étalait si
insolemment, défiait si railleusement les
fureurs qui me bouleversaient, que je quittai
mes allures de tigre rampant pour bondir sur
elle. Qu'avais-je à ménager ? J'étais certain de
ma proie ; je la saisis par la main et l'arrachai
si violemment qu'une boucle de ses cheveux
roula sur son oreiller. Ce souvenir me glace,
fit Gontran en claquant des dents.

— Après, demanda Edward.

— Je tenais sa petite main dans la mienne
comme une araignée qui presse une mouche.
Je m'aperçus dans une glace pendant que je
l'emportais, je pus voir sans reculer, sans que
l'effroi de moi-même m'arrêtât, ma physionomie toute bouleversée ; *elle* souriait toujours.
Je dus trembler dans l'escalier, car comment
expliquer le cliquetement de ses jambes et le
frou-frou des étoffes dont elle était habillée,
si je ne l'avais pas fiévreusement secouée ?

Louise la portait moins brutalement en effet.
Ces bruits devinrent si forts, je les entendis à
la fin si distinctement que je la lâchai. Elle
tomba sur les marches de pierre et rendit
un son sourd. Je crus qu'elle allait crier.
C'est alors que j'éprouvai une vile et plate
terreur. Je faillis m'affaisser ; mais la pensée
qu'elle avait dû se faire mal me ranima. Est-
il possible, grands dieux ! d'être plus sottement méchant !... Cependant une insurmontable répulsion m'empêcha d'y toucher ; je
n'osai ramasser ce corps sinistrement aplati
sur la dalle comme une créature précipitée du
haut d'un toit. Je passai sans l'effleurer en
rasant la muraille, et revins la saisir avec des
pincettes. Le fer était moins froid que ma
main ; puis soudainement, furieusement, je
la plongeai vivante, oui, je la voyais vivante,
dans le brasier ardent. Dans le premier
moment je fus étourdi, je ne vis qu'une gerbe
de flammes et d'étincelles qui dévoraient les
vêtements ; toute cette gaze fut bientôt con-

sumée ; mais je n'étais plus maître de classer
selon leur valeur les effets qui se produisaient
devant mon imagination. Aussi, quand le
petit corps fut mis à nu, quand, dégagé de ses
voiles, il se trouva en contact direct avec
l'action du feu, je ressentis une indicible épouvante...

Gontran s'arrêta pour respirer ; puis il
reprit :

— T'est-il arrivé de jeter une plume dans
le feu ? As-tu remarqué comme elle s'agite et
se tord en brûlant ? Ce n'est rien à côté de ce
que je voyais. Les petits membres de Gracieuse se dressaient et s'agitaient avec des con-
torsions, des convulsions d'agonie. Sa tête...
Pourquoi me poursuit-elle ? Sa tête se recou-
vrit d'une teinte cadavérique ; les couleurs
disparurent et la teinte grise se plomba de
plus en plus. La porcelaine en se fendillant
éclatait en petits grincements aigus, qui ne
pouvaient se confondre avec les pétillements
naturels du feu. C'était une suite de gémisse-

ments d'une résonnance désespérée et dont chaque note tombait lourdement sur mon cœur, je les entendis ainsi du moins. Ses traits ne tardèrent pas à subir les mêmes ravages ; mais avec une gradation paraissant étrangement calculée... Hallucination si tu veux... mais le simulacre de *la vie*, qui m'avait déjà frappé, se perfectionna encore pour revêtir d'un semblant d'animation la tête de cette poupée . . . .

. . Des rides profondes se creusèrent, la bouche s'ouvrit et grimaça, tous les traits se revêtirent d'une expression de souffrance indicible. Les yeux d'émail seuls me regardaient toujours avec une froide impassibilité. Je devins fou de rage, et à grands coups de tisonnier j'enfonçai sous les cendres, je pilai, je broyai le misérable objet de ma haine. . . . . .

. . . .

— Il fallait un réveil à mon ivresse furieuse. Tout-à-coup une voix argentine appela : « Gracieuse, Gracieuse ! » Mes cheveux se dressèrent. Encore Gracieuse ! Attends ! je plongeai ma main dans le feu, je saisis les restes carbonisés de la poupée, et sans avoir conscience de mes actes, je me retrouvai devant le lit de Louise, brandissant ce que je tenais à la main, en hurlant : « Tiens, la voilà ta Gracieuse, c'est moi qui ai fait cela ! » L'enfant ne poussa pas un cri, ne versa pas une larme ; elle s'évanouit.

Ici se fit un silence rempli de terreurs glacées.

Puis Gontran reprit :

— Le soir elle était morte ! Je m'enfuis à jamais de cette maison, et depuis, vous vous êtes souvent étonnés de mon attitude mélancolique !

Gontran tomba dans un fauteuil et cacha sa figure dans ses mains en sanglottant, puis, s'adressant brusquement à Edward :

— Eh bien ! qu'en penses-tu ? lui demanda-t-il.

22

—L'action est mauvaise, répondit lentement
Edward ; mais, tout en cherchant à ne pas l'at-
ténuer, permets-moi de te dire que tu l'exagères
singulièrement. Tu grandis certains détails qui
diminuent beaucoup lorsqu'on les envisage de
sang-froid. Avec ta nature exagérée tu passion-
nes des faits qui ne sortent pas de l'ordinaire.
Je conçois plus que tu ne t'en doutes le genre
d'affection que tu as éprouvée pour ta cousine.
Elle est moins étrange que tu ne la dépeins ;
mais tu avais quinze ans, tu n'avais pas d'empire sur ta volonté. Tu ne t'aperçois pas que
tu racontes ce qui s'est passé à cette époque
comme tu le sens maintenant. Il y a là une

nuance énorme ! mais, ce que je veux le plus combattre, c'est la croyance où tu es d'une préméditation de ta part dans cette irréparable catastrophe. Le résultat est affreux, c'est vrai ; Louise est morte, mais tu n'as pas tué Louise : Je vais mieux dire, tu n'as pas voulu la tuer ! l'action mauvaise consiste dans l'accès de colère jalouse qui t'a rendu fou pendant une heure. En résumé, tu as à pleurer une conséquence, tu n'as pas à te reprocher une intention. Tu as dans ton passé un souvenir funèbre, accepte-le, c'est dans le souvenir et les regrets qu'il t'inspire que réside la punition. Gontran, toi qui es pénétré de l'idée divine, pourquoi refuses-tu à cette suprême justice le don des circonstances atténuantes que tu reconnais à la justice humaine ?

— Non, Edward, il ne m'est pas possible de me retrancher derrière l'irresponsabilité de l'âge et de l'ignorance. En brûlant cette poupée, j'étais aussi sûrement coupable qu'un inquisiteur qui commanderait l'exécution d'un auto-

da-fé ; en torturant cette figure de son j'éprouvais des voluptés âcres. Tu ne sais donc pas
que, pour accomplir cette œuvre, j'ai guetté
l'occasion pendant un mois ? Le crime est
moral. Ce n'était pas la poupée que je détrui-
sais, c'était moi, c'est le Gontran d'autrefois
que j'ai tué. Et, pour le ressusciter, que vais-
je avoir à subir ? Tu vois bien, mon ami, que
nous ne pouvons nous entendre et que ta bienveillance ne m'absout pas.

— Tu as l'esprit frappé, Gontran, reprit
Edward, et le temps seul peut te calmer, mais
revenons au point de départ : Pourquoi l'influence de ce souvenir pèse-t-elle sur toi d'une
façon si sombre un jour comme celui-ci ? Et,
puisque tu te maries, quels rapports vois-tu
entre le passé et le présent, entre Louise et...
Grâce ?

— Quels rapports, dit Gontran, tiens regarde !

La veille, Gontran avait reçu une caisse de forme carrée, apportée avec des précautions infinies et posée avec le même soin sur un canapé.

Cette caisse s'ouvrait par un couvercle à coulisse placé sur le côté qui faisait face à la pièce ; Gontran fit lentement glisser la planche de chêne et découvrit aux yeux d'Edward, dans un intérieur élégamment tendu de satin rose, une poupée recouverte d'un riche costume de mariée !

— Tu vois, dit Gontran, c'est une poupée, c'est la poupée de Grâce. Elle a eu la singulière idée d'exiger, comme un de ses cadeaux

de noce, que je fisse faire à sa poupée un costume exactement semblable à celui qu'elle por
tait aujourd'hui. Tu vois, tout y est. J'ai dû me
conformer à son désir, et voilà l'objet revenu,
ajouta Gontran en regardant fixement Edward.

— Eh bien ! que vois-tu donc d'étrange là-
dedans ? C'est une idée de jeune fille, toute
simple même, avec le caractère enfantin que
tu lui prêtes.

— Ah ! oui, fit Gontran avec un son de voix
creux, mais c'est que la poupée de Grâce est
la reproduction exacte de l'autre.

— Toutes les poupées se ressemblent, dit
Edward, ou à peu près ; je ne leur ai jamais
trouvé de différence d'expression.

— Tu ne veux donc pas voir, dit Gontran
avec un geste sévère. Regarde, regarde encore.
Toutes les poupées se ressemblent, dis-tu ?
mais alors à qui trouves-tu que toutes les poupées ressemblent, toi qui ne m'as pas quitté
de cette journée ? Ah ! je saisis enfin un éclair
d'étonnement dans tes yeux.

— Tu ne prétends pas, mon ami, établir de comparaison entre cette poupée et ta femme ?

— Assez, dit Gontran ; tu as vu cette fois, et bien vu... Comprends-tu maintenant mon épouvante ? Ce n'est pas de suite que j'ai fait cette affreuse découverte. Toi qui ne conçois rien à ce mariage, tu ne sais pas combien j'ai lutté contre l'invincible fascination qui m'a fatalement conduit à la cérémonie d'aujourd'hui. Est-ce que je puis dire si c'est de l'amour, de la haine ou de la terreur que je ressens pour Grâce ? Je l'ignore. Je subis une attraction contre laquelle il m'est impossible de résister. Ce n'est pas elle qui m'envahit, c'est cette ressemblance qui me magnétise, c'est un fantôme que je suis pas à pas, dont je n'ai pu m'écarter. Et c'est la main de Dieu qui me pousse. Eh bien ! qu'as-tu à dire à tout cela ?

— Rien, tu es halluciné pour un temps, tu te laisses aller à de superstitieuses terreurs qui s'évanouiront d'elles-même ; tu te crois

menacé par une sorte de pressentiment,
comme ces gens qui rêvent qu'ils mourront tel
jour, à telle heure... le jour arrive, l'heure
sonne, tombe dans l'oubli du passé comme ses
sœurs et le malade est guéri la minute d'après
en constatant son existence réelle et en recon-
naissant que jusque là, il avait été le ridicule
esclave d'un cauchemar. Eh bien! il en est ainsi
de toi, aucun raisonnement ne parviendrait à
te convaincre en ce moment, à te dégager de
cette chaîne surnaturelle dont tu te crois
enlacé... laisse-toi vivre Edward et crois-moi,
le temps calmera les ardeurs de ton esprit
malade.

— Toujours j'ai l'esprit frappé ! Voilà ta seule
branche de salut lorsque je me noie! Eh parbleu!
la belle trouvaille ! je ne l'ignore pas que j'ai
l'esprit frappé ; mais cet état de mon esprit est
une réalité pour moi. Pourquoi n'est-ce pas
l'état du tien ? Ecarte, si tu le veux, tout ce
qui choque ta raison, écarte Louise, écarte
Grâce, écarte les poupées, consens, en un

mot, à ne voir que moi, car, en vérité, il ne
s'agit que de moi seul. Comprends enfin pour
quoi je suppose que je vais mourir. Cela te
fait hausser les épaules ! Mais, malheureux, un
pavé, est-ce quelque chose de plus important
qu'une poupée ? Eh bien ! s'il te tombe sur la
tête, il te tue, toi le prétendu roi de la création ! Eh bien ! mon pavé, c'est le souvenir
de cette poupée. Va, Edward, le moyen importe
peu... mais le résultat sera... mon ami, je
savais d'avance que j'allais te rencontrer incré-
dule, aussi ne vois dans ce long récit qu'un
aveu que je n'ai pu retenir, qu'un sanglot que je
n'ai pu comprimer... cependant... regarde moi
bien Edward et embrasse moi de tout ton cœur,
car en vérité, si tu attendais à demain, à pareille heure, pour le faire... il te faudrait soulever mon linceul !

LETTRE DE WILLIAMS A SIR JOHN.

Vous me demandez, sir John, des détails sur la fin malheureuse de notre pauvre ami Gontran. Ils sont pénibles, et il faut toute la certitude où je suis de l'affectueux intérêt que vous portiez à notre pauvre songe creux pour que je me décide à ce que vous me demandez. Vous avez su, par le récit d'Edward, que la douleur empêche de continuer, les préoccupations qui tourmentaient notre ami et jetaient un si grand trouble dans ses idées depuis deux ans.

Gontran était-il atteint de folie, ne l'était-il pas ? il ne m'appartient point de le décider.

Tout ce que je puis vous dire, à vous qui connaissez comme nous maintenant l'enchaî-nement exalté de ses idées, c'est que sa mort est réellement un fait étrange.

Il n'est pas bon, je crois, de trop s'appe-santir sur la bizarre coïncidence qui semble justifier les craintes de Gontran dans ses der-niers jours.

Aussi n'attendez de moi que la simple nar-ration du fait lui-même.

Nous étions réunis chez Babylas, lorsque Gontran et Edward arrivèrent. Il était six heures. Le repas de noces fut triste, vous n'aurez pas de peine à le croire, et vous le devi-nez sans que j'aie besoin d'y insister.

J'abrégerai de même les détails du bal qui suivit. Singulier bal, je vous assure ! Mais arri-vons de suite au dénoûment.

Les nouveaux mariés, qui s'étaient retirés de bonne heure, étaient depuis un instant à peine dans l'appartement qui leur avait été préparé dans la maison de Babylas, lorsque tout à coup des cris déchirants retentirent

Il fallut quelques minutes à Placide et aux gens de la maison pour enfoncer la porte de la chambre où les époux étaient enfermés. Le spectacle qu'ils virent les glaça d'effroi. Jugez-en : Gontran se roulait au milieu de la pièce dans les restes d'un drap qui achevait de se consumer. Grâce, folle de terreur, tremblait à ce point que son corps se heurtait contre le meuble qui la soutenait.

Il fut impossible dans le premier moment, (et d'ailleurs on n'y pensa pas), de se rendre compte des fatales circonstances qui avaient pu causer cet épouvantable malheur.

Voyez-vous, sir John, Grâce n'est peut-être pas une femme de premier ordre, c'est possible. Que ce soit la faute de son père qui n'a jamais voulu permettre qu'on lui apprît à lire, prétendant qu'une jeune fille en sait toujours assez lorsqu'elle sait compter jusqu'à cent, ou que ce soit manque d'aptitude naturelle, peu importe ! la vérité est qu'elle est restée très-enfant.

Or, cette rieuse et simple enfant n'éprouva qu'un désir lorsque l'heure de se rendre à la chambre nuptiale fut arrivée, ce fut d'emporter sa poupée ! Mais ce désir elle le maintint avec une volonté tellement énergique que Gontran dut céder à ce caprice d'enfant gâtée.

Peu de temps après, et toujours mue par ce sentiment puérilement affectueux, si vous voulez, mais affectueux, je le maintiens, elle voulut coucher sa poupée avec elle !

C'est bizarre, n'est-ce pas ?

Toujours est-il qu'une lutte courtoise s'établit entre la jeune femme et son mari ; celle-ci tenant la poupée dans ses petites mains et voulant la fourrer dans le milieu du lit ; celui-là, pâle, les dents serrées, ne pouvait exprimer la terreur qu'il éprouvait, et faisant tous ses efforts pour repousser cet objet qu'il envisageait comme le spectre de Macbeth !

Dans la lutte, les gazes de la poupée prirent feu !

Gontran sauta sur la poupée, pour essayer d'éteindre la flamme, en criant avec un accent désespéré : « Je ne veux pas qu'elle brûle celle-là ; je la sauverai ! »

Hélas ! le malheureux aurait dû penser à se sauver lui-même. Quand il arracha le drap pour s'en envelopper et arrêter les progrès du feu, il était déjà trop tard ; il eut beau se rouler sur le parquet, dans tous les sens, le drap brûlait comme tout le reste, et les ravages furent tels qu'il devint impossible de sauver Gontran.

A quatre heures du matin, Gontran expirait !

La poupée ne reçut pas une atteinte, et elle est encore dans cette chambre, où personne n'est entré depuis.

Je vous le répète, je ne veux voir là-dedans qu'un accident matériel.

Ces grands privilégiés de la pensée, voyez-vous, mon cher esquire, meurent jeunes, ou finissent mal, et il est dangereux de trop les écouter et de les prendre pour modèle.

Je termine ici les renseignements que vous m'avez demandés, et, si vous voulez permettre un bon conseil à un de vos plus dévoués : buvez frais l'été, tenez-vous les pieds chauds l'hiver, et ne vous enfoncez pas trop dans le surnaturalisme.

Sur ce : Salut et fraternité !

WILLIAMS.

TABLE.

—∣∣—

Saint-Lo, imp. Jean Delamare.